LA TIENDA
DE LOS DESEOS

HIYOKO
KURISU

LA TIENDA
DE LOS DESEOS

Traducción de Marta Moya

Título original: 夕闇通り商店街 コハク妖菓子店
Publicado originalmente en japonés como YUYAMIDORI SHOTENGAI – KOHAKU YOGASHITEN por Poplar Publishing Co., Ltd., Tokio, Japón en 2022

Primera edición: febrero de 2025

© Hiyoko Kurisu, 2022. All rights reserved.
Publicado por acuerdo con Poplar Publishing Co., Ltd., a través de The English Agency (Japan) Ltd. y New River Literary Ltd.

© de la traducción, Marta Moya (DARUMA Serveis Lingüístics, SL), 2025

© Editorial Planeta, S. A., 2025
NEKO BOOKS es un sello editorial de Editorial Planeta, S. A.
Avda. Diagonal, 662-664, 08034 Barcelona (España)
www.nekobooks.es
www.planetadelibros.com

Diseño de interior: Eva Angelina

ISBN: 978-84-10427-00-6
Depósito legal: B. 1.126-2025
Fotocomposición: Realización Planeta

Impreso en España – Printed in Spain

SUMARIO

PRÓLOGO

Sé bienvenido. No es habitual ver a humanos por estos lares.

Aquí solo nos visitan fantasmas, espíritus malignos y personas atenazadas por las preocupaciones.

Estamos en la calle del Crepúsculo, en la frontera de la Ciudad de los Muertos. Es un lugar olvidado donde solo viven seres perdidos como yo o aquellos que no tienen adónde ir.

Perdón, que aún no me he presentado. Me llamo Kogetsu y soy el propietario de esta tienda, la CONFITERÍA KOHAKU. Toma nota.

Si has llegado hasta aquí, significa que te atenaza alguna preocupación, ¿no es así? Una angustia lo bastante poderosa como para desestabilizar tu existencia.

¿Que cómo lo sé? Bueno... supongo que por simple intuición.

Oh, ¿te has decidido por esos caramelos? Muchas gracias. Te los envolveré. Ven por aquí, por favor.

Ups, tengo que pedirte que te abstengas de mirar en la trastienda. ¿Te intriga la enorme estantería que has visto de refilón allí al fondo? Ju, ju... No te puedo permitir que mires. La curiosidad mató al gato, ¿sabes?

Aquí tienes tu compra.

Desconozco qué efectos tienen estos caramelos. Consúmelos según las instrucciones y las dosis recomendadas.

Ten en cuenta que, en el supuesto de que suceda algo extraño, este establecimiento no se hace responsable...

CAPÍTULO 1

LOS CARAMELOS
DE LA AVARICIA

Mi novio llevaba un tiempo bastante apático.

Yo sabía que no era culpa suya. Estaba liado con los exámenes de ingreso a la universidad y lo entendía, pero, aun así, me sentía muy sola.

Cada vez nos escribíamos y llamábamos menos, y casi siempre era yo quien empezaba las conversaciones. Me avisó de que con los exámenes quizá no podría contestarme, y yo acaté, interpretando el papel de novia dócil y comprensiva, pero entonces no tenía ni idea de que cada mes fuera a haber tantos simulacros de examen. Casi parecía que hubiera más épocas de exámenes que épocas sin ellos.

Mis amigas me decían que tendría que dar gracias por tener novio y que me quejaba por vicio. Nadie me entendía.

Mi novio me gustaba desde la secundaria. Él iba un curso por delante de mí y era el presidente de la asociación de alumnos, un chico guapo e inteligente que, para colmo, se llevaba bien con todo el mundo. Lo adoraba.

Aunque me entregué en cuerpo y alma a los estudios

para conseguir entrar en el mismo instituto de bachillerato que él, durante cerca de un año me limité a observarlo de lejos... hasta que por fin me atreví a decirle que me gustaba y él accedió a salir conmigo.

Yo seguía pensando que era un milagro que hubiese aceptado salir con una chica tan normalita como yo, no especialmente bonita y cuyas notas estaban muy lejos de los excelentes que él estaba acostumbrado a sacar, pero el sueño llegó a su fin con las vacaciones de primavera: en cuanto empezó tercero, de repente cambió a «modo exámenes» y su actitud hacia mí también se enfrió.

Pensar siquiera en salir a divertirnos a cualquier sitio los festivos era una locura, y aunque el camino de ida y vuelta al instituto era un ratito valiosísimo que teníamos para disfrutarlo juntos como pareja, él empezó a ir a la academia, y los días que no tenía clase también se encerraba en la sala de estudios para seguir trabajando.

Se podría pensar que mejor eso que suspirar por un amor no correspondido, pero lo cierto es que sufría bastante más que antes de que empezásemos a salir.

Aun así, no quería quejarme y que se cansase de mí. Que me tomase por una pesada y me mandase a paseo. Lo cual no significaba que no me muriese por verlo, por hablar con él y que volviese a ser dulce conmigo.

Quizá estaba siendo demasiado egoísta. ¿Debía limitarme a esperar pacientemente hasta que terminase los exámenes? Estábamos en mayo, de modo que aún me quedaban diez meses enteros.

Lo que me temía era que, cuando él empezase la universidad, nos distanciáramos todavía más. Se olvidaría de mí, haría buenas migas con alguna chica del mismo club o de su trabajo a tiempo parcial y lo nuestro se apagaría para siempre. Aguantar un año para luego terminar con un desenlace como ese sería un golpe demasiado duro.

¿Qué tenía que hacer? No podía sentarme a esperar que él se acordase de mí como por arte de magia; eso no iba a ocurrir.

Un día, al salir de clase, me dirigí con pasos apesadumbrados al santuario que había cerca del instituto. Se encontraba un poco lejos del área residencial; era un templecito recogido y solitario en lo alto de una pequeña colina y rodeado de árboles frondosos, de modo que había que subir unos cuantos escalones de piedra para llegar.

Ese era el templo que había visitado antes de mis exámenes de ingreso al bachillerato y también antes de decirle a mi novio lo que sentía por él. Como en ambas ocasiones las cosas habían salido mejor que bien, desde entonces me pasaba por allí cada vez que se acercaba algún acontecimiento importante. Si alguien se hubiese enterado de que a mi edad seguía confiando tanto en los dioses, seguro que me habrían tildado de inmadura, por eso nunca había revelado a nadie aquel secreto.

Los árboles y las escaleras conferían al recinto una intimidad muy conveniente, a resguardo de las miradas indiscretas.

Hice mi ofrenda, toqué la vieja campana y junté las manos delante del pecho en posición de rezo.

«Por favor, que mi novio y yo sigamos juntos mucho tiempo. Que estemos cada día mejor», recé.

Pero los pensamientos oscuros no tardaron en interrumpir mis oraciones: «¿Seguro que le gusto? ¿Y si solo me dijo que sí porque le dio pereza rechazarme? Quizá solo fue por capricho».

Me asaltó un calor repentino en los párpados y los ojos se me emborronaron de lágrimas.

Era consciente de lo nerviosa que estaba. Sabía que, en momentos como ese, era el vivo reflejo de «la novia pesada que todos los hombres detestan» que había leído en una revista. Aun así, ¿acaso era posible hacerlo todo perfecto con el primer novio?

En ese instante me pareció percibir un aroma familiar en el viento y volví la mirada hacia las profundidades del recinto.

—¿Eh?

Una parte de la zona en teoría cubierta de árboles y hierba estaba totalmente despejada. Abrí los ojos de par en par.

¿Era obra del sacerdote del templo? ¿Había talado los árboles porque le molestaban? Pero ¿por qué solo en esa parte? Por si fuera poco, me pareció que aquella brisa provenía de ese lugar en concreto. Un aroma extraño, como a incienso y a árboles viejos.

Agarré con fuerza el asa de mi mochila y me adentré en las profundidades del recinto. Cuando me hube acercado lo suficiente como para ver entre los árboles, un escenario inesperado se desplegó ante mí.

—¿Qué...?

Un camino recto y sin pavimentar. A ambos márgenes se alineaban antiguas casetas de madera que le conferían un aire de otros tiempos. También colgaban farolillos de papel, como en los festivales.

Era una antigua calle comercial bañada por la luz anaranjada del atardecer.

—Pe... Pero ¿qué...?

No recordaba que hubiese ninguna callejuela de tiendas como esa detrás del santuario. Además, ¿por qué el camino llegaba hasta allí? Era como si el templo fuese la entrada a la calle.

Algo resultaba muy extraño en todo aquello, pero me dejé llevar por la curiosidad, seguramente porque se parecía a un pueblo del periodo Shōwa que había visto tiempo atrás en una película.

Di un paso adelante con mis mocasines ya domados por el uso. La calle estaba sin pavimentar, por lo que quizá lo más correcto habría sido decir que era un simple «camino» de arena compacta con algunas piedrecitas aquí y allá.

La mayoría de las tiendas estaban cerradas y parecían muy antiguas, aunque no se podía decir que fuesen especialmente bonitas. Algunas tenían colgado el cartel de CERRADO mientras otras directamente daban un portazo al pasar yo por delante. Me pareció un poco desagradable, la verdad.

En algunas era imposible adivinar desde fuera lo que se cocía dentro, y había otras cuyos carteles estaban escritos en un alfabeto extraño, lo cual resultaba bastante siniestro. El hecho de que no hubiera farolas, solo la luz de los farolillos de papel colgantes, blancos y rojos, contribuía a crear un ambiente de lo más irreal que ponía la piel de gallina.

¿Por qué no di media vuelta en aquel momento? ¿Por qué seguí adelante? Ni siquiera yo lo sé. Supongo que la angustia y la desesperación se apoderaron de mí. Y eso que, por lo general, era una cobardica que no se atrevía ni a entrar en la casa encantada del festival cultural del instituto. De haber estado allí mi novio, le habría tirado del brazo para rogarle que no entrásemos. «Larguémonos de aquí, tengo miedo.» Sí, eso era lo más probable.

Al cabo de un rato llegué al final del camino, en concreto a una tienda de la que por fin se escapaba algo de luz. Estaba situada en un extremo de la calle y tenía una apariencia más limpia y bonita que el resto de los establecimientos. También se la veía antigua, pero se apreciaba cierto mantenimiento en las paredes de madera de color ámbar. La puerta, también de madera, contaba con un visillo de cristal y algunos adornos, además de linternas de papel de color melocotón.

En el rótulo de la entrada habían escrito con un pincel: «CONFITERÍA KOHAKU».

Me llamó la atención que hubiesen usado el ideograma de «hechizo» para escribir «confitería» en vez del de «dulce occidental», que era el que se solía utilizar. Tampoco entendía que la tienda permaneciese cerrada «los días de luna nueva y luna llena».

Aun así, no parecía el tipo de establecimiento en el que casi te veías obligada a comprar productos caros y, además, me apetecía algo dulce, por lo que no me hizo falta buscar más excusas. Abrí la puerta. Tras un ligero chirrido, el interior en penumbra de la tienda apareció ante mí.

Bajo la luz de las lámparas del techo, una variedad de dulces se amontonaba sin orden en las estanterías altas hasta mis caderas: había desde los tradicionales pastelitos de arroz y pasta de judías a los clásicos caramelos de azúcar de colores, todos muy retro.

—Bienvenida. No es habitual ver a seres humanos por estos lares.

La luz proveniente de la oscuridad me asustó y me encogí de hombros con un brinco. Volví la mirada hacia el fondo de la tienda y descubrí a un joven rubio y muy guapo vestido con un *hakama*, unos pantalones anchos de ceremonia. Supuse que tendría unos veinticinco años. Sus ojos almendrados también eran dorados, mientras que su piel lucía una tonalidad blanca. No parecía en absoluto japonés. El pelo lo tenía de color claro, un poco largo, pero sin llegar al mentón, y por un instante me pareció que en lo alto de la cabeza le asomaban un par de orejas de zorro, pero enseguida descarté esa ocurrencia.

—Ho... Hola, buenas tardes. ¿Qué quieres decir con que no es habitual ver a seres humanos?

Las comisuras de sus labios se curvaron en una sonrisa. Sus facciones tenían un aire tan artificial que me pareció aún más irreal, como si se tratase de un muñeco exquisitamente confeccionado.

—Estamos en la calle del Crepúsculo, en la frontera de la Ciudad de los Muertos. Aquí solo nos visitan fantasmas, espíritus malignos y personas atenazadas por las preocupaciones, como tú.

—Eh...

Su explicación me sorprendió, pero enseguida lo entendí.

Aquella, sin duda, debía de ser una de esas tiendas en las que toda la decoración y el trato de los empleados obedecía a un concepto concreto, como en un parque temático. Aunque últimamente esa clase de cafeterías y tiendas se habían puesto muy de moda, albergaba mis dudas de que el negocio llegase a funcionar en un lugar tan recóndito como ese.

—Perdón, pero ¡si aún no me he presentado! Me llamo Kogetsu y soy el propietario de esta tienda —saludó el joven con una voz un poco demasiado aguda para un varón, pero refrescante a la vez, e inclinó la cabeza con una reverencia.

—En... Encantada. Ya veo, entonces... ¿tú eres una especie de zorro? —pregunté, pensando que las orejas que me había parecido ver hacía un instante debían de formar parte de algún tipo de disfraz. Me sabía mal no decir nada al respecto después de todo el empeño que el chico ponía en su interpretación, aunque seguramente eso se debiera a que yo era la primera clienta en un buen rato.

—Vaya, qué perspicaz. Aunque has acertado solo a medias.

—¿Solo a medias? —pregunté, pero Kogetsu no añadió nada más. Decidí preguntarle sobre otra cosa que me había llamado la atención—: Disculpa, ¿por qué cerráis los días de luna nueva y luna llena?

—Porque no me gusta la luna en esas noches. Verás, yo soy un ser incompleto y las fluctuaciones de la luna no me sientan bien, en concreto cuando está más poderosa y cuando está más débil —respondió con tono sarcástico.

¿Guardaría eso relación con lo que había dicho de que era «solo mitad zorro»? Aunque, pensándolo mejor, si solo descansaba dos días al mes, era lógico que enfermase... La ausencia de otros empleados me confirmó que probablemente llevaba el negocio él solo.

Empecé a ojear los productos de las estanterías mientras pensaba que era una lástima que un chico así de guapo se pasase el día encerrado en una tienda tan poco popular.

—La inestabilidad de un ser siempre responde a una razón. Hay algo que te angustia, ¿no es así?

Su inesperada pregunta hizo que se me cayeran los caramelos de colores que en esos momentos tenía en las manos.

—Có... ¿Cómo lo has sabido? —pregunté, clavando sin darme cuenta mis ojos en los suyos. Sus pestañas también eran rubias, y tan largas que podría sostener una cerilla en ellas.

—Supongo que por experiencia e intuición... Oh, ¿te gustan esos caramelos?

—Ah, pues...

Kogetsu miró los dulces que yo había cogido y sonrió. Los caramelos estaban dentro de un recipiente redondo y transparente, y eran unas bolitas de azúcar de una gradación de colores entre púrpura claro y azul, como las hortensias. Eran muy bonitos, pero lo que me llamó la atención fue otra cosa.

—Es que el nombre me tiene algo intrigada.

Todos los artículos de la tienda tenían nombres un tanto peculiares. Desde los tradicionales pasteles *daifuku* rellenos de pasta de judías a las conocidas tortitas *dorayaki*, todos llevaban algún calificativo extraño en el nombre. Los caramelos de azúcar que había cogido, comúnmente denominados *konpeitō*, también tenían el suyo: eran los «caramelos de la avaricia». Los había cogido casi sin darme cuenta, preguntándome si yo también era una avariciosa.

—Si te comes uno de esos, algo pequeño y bueno ocurrirá. Pero solo puedes comer uno al día —explicó Kogetsu llevándose el dedo índice a los labios, como quien desvela un secreto.

—Ya lo entiendo, por eso son los caramelos de la avaricia. Pero ¿no es un reto demasiado grande comer solo uno al día?

—Por supuesto... Pero si ignoras la dosis recomendada, yo no me hago responsable de lo que suceda.

El corazón me dio un vuelco. Una repentina frialdad en su semblante pareció una amenaza.

«¿De lo que suceda?» ¿Y qué se suponía que iba a suceder? La interpretación de Kogetsu se me antojó tan real que me olvidé de que aquello no era más que una pura pantomima y me estremecí.

—Me los quedo.

Le entregué los caramelos con gesto decidido. No quería que se diese cuenta de que había logrado asustarme.

Solo costaban trescientos yenes. Eran baratos, había muchos y parecían estar bastante ricos; no creí que estuviera tirando el dinero.

Después de pagar en el mostrador, donde había una antigua caja registradora con un teclado como los de antes, Kogetsu metió el recipiente de los caramelos dentro de una bolsa de papel de color sepia.

—Muchas gracias. Consúmelos según las instrucciones y la dosis recomendada.

«Qué tienda tan extraña», pensé mientras contemplaba distraída los caramelos en mi cuarto, tras volver a casa. Ese tendero tan descarado tenía pinta de sacarse un sobresueldo leyendo la fortuna. Eso explicaría el ambiente tan misterioso del establecimiento y su dramática interpretación.

—¿Pruebo uno?

Ya había cenado y todavía no me había lavado los dientes.

Me levanté de la cama y cogí el recipiente de los caramelos que había dejado encima del escritorio. Primero me puse unos cuantos en la palma de la mano, pero enseguida recordé las instrucciones de Kogetsu y los volví a dejar en el recipiente.

«No es que tenga miedo, solo me da lástima no seguirle el juego», me dije mientras observaba la única bolita de azúcar que me quedaba en la mano.

Una ola de puro dulzor me inundó el paladar cuando me la metí en la boca. Era tremendamente dulce, pero un ligero toque a menta le daba el frescor justo para que el azúcar no resultase tan empalagoso. Pedir a la gente que se conformase con una sola bolita era un auténtico sinsentido.

Sin embargo... no es que a mi edad creyese en la magia, pero si de verdad ocurría algo bueno por solo trescientos yenes, podría considerarme afortunada.

Mi móvil sonó justo en el momento en que me sentaba en la silla para terminar de preparar las clases del día siguiente. Lo había dejado encima de la cama, junto a la almohada. Por el tono supe que no era un mensaje, sino una llamada.

Me lancé sobre el aparato y miré la pantalla. Era mi novio.

—¡Hola! Dime... —Los nervios me quebraron la voz, que sonó demasiado estridente. Jolín, es que hacía siglos que no me llamaba.

—Ah, ¿Kana? ¿Puedes hablar ahora?

—S... Sí. Claro. ¿Qué pasa? No sueles llamar nunca...

—Justo acabo de terminar los exámenes de prueba de la academia. Hoy tengo todo el tiempo del mundo para charlar. —Tal vez era por los exámenes, que le habían ido bien, pero su voz sonaba muy alegre.

—¿En serio? Qué bien...

—Siempre llamas tú, así que he pensado que esta vez podía llamarte yo.

Sus palabras me inundaron de gozo.

Mi novio solía más bien limitarse a escucharme, pero ese día lo noté muy hablador. Por si fuera poco, también se rio con ganas y escuchó con atención las tonterías que le conté yo, como una broma que había soltado el profesor en clase o la metedura de pata de un amigo. De repente me había convertido en la chica más feliz del mundo.

Estuvimos charlando durante una hora hasta que al final colgué, eufórica.

Me fundí en un largo y cálido suspiro, estrechando el móvil contra el pecho. Hacía mucho tiempo que no me sentía tan feliz.

«¿Y si de verdad han sido los caramelos?»

Los miré de reojo, evocando el recuerdo de su dulzor en mi lengua.

Tonterías, no podía ser. Simple casualidad, nada más.

Eso fue lo que me dije, pero, al día siguiente, volví a comer una bolita antes de ir al instituto.

Justo al llegar a mi mesa, una amiga de otra clase me llamó desde el pasillo. El año pasado habíamos cursado la misma asignatura y seguíamos intercambiando mensajes y hablando de vez en cuando. Dejé la mochila en mi mesa y me acerqué a ella.

—Hola. Qué raro que vengas a verme, ¿pasa algo?

—Es que quería darte una cosa. Toma.

Lo que me entregó con una enorme sonrisa fueron dos entradas para el cine, y encima para ver una película de *anime* que aún no habían estrenado, pero de la que ya hablaba todo el mundo.

—Oh, ¿y esto?

Ella volvió a reírse entre dientes.

—Verás, es que me interesaban los regalos que sorteaban con la compra anticipada de las entradas y terminé comprando un montón. Ahora tengo demasiadas y he pensado en darte un par. ¿No dijiste que a tu novio le gustaba este *anime*?

—¡Sí!

En ese momento no recordaba haberle comentado nunca eso, pero lo que sí era cierto era que me había puesto a ver esa serie porque quería tener temas en común para hablar con mi novio.

—La estrenan este sábado, id a verla los dos, anda.

—Oh... ¡Muchas gracias! —le agradecí, superemocionada.

—Nada, nada. Bueno, ¡nos vemos! —se despidió diciéndome adiós con la mano mientras volvía a su aula.

Me había regalado dos entradas. Sin perder ni un minuto, le envié un mensaje a mi novio. Le expliqué que una amiga me había dado dos entradas de venta anticipada para la película de *anime* y que si quería que fuésemos a verla juntos. La respuesta no se hizo esperar: el sábado estaba libre porque no tenía clases en la academia, así que perfecto.

¡Qué bien! ¡Por fin una cita después de tanto tiempo! Estuve a puntito de hacer el gesto de la victoria en medio del pasillo cuando de repente me quedé congelada. Tras la llamada de la noche anterior, esa mañana también había sucedido algo bueno e inesperado. Intenté convencerme de que era simple coincidencia, pero cada vez estaba más segura de que el poder de aquellos caramelos era real.

«Si te comes uno de esos, algo pequeño y bueno ocurrirá.» De repente me acordé de la misteriosa CONFITERÍA KOHAKU y del rostro bello y casi artificial de Kogetsu. Habiéndolos comprado en un lugar como ese, cualquiera podría creer en su magia, ¿no?

Tenía claro que no iba a depender de amuletos ni de objetos de la suerte, pero decidí que mientras esos caramelos siguiesen regalándome «algo pequeño y bueno» cada día, yo creería en ellos y me los iría comiendo uno a uno.

La buena suerte continuó durante los días siguientes. Gané un sorteo en el supermercado, me salió en el examen el contenido que había repasado hacía poco y más cosas que, aunque triviales, servían para aportar un poco de luz y color a la monótona existencia de una estudiante de bachillerato como yo. Nuestra cita para ir al cine también fue sobre ruedas y mi novio me regaló un portaminas a juego con el suyo para que no me sintiera sola mientras él andaba tan ocupado con los estudios. El diseño era sencillo y muy de adulto, sin los dibujitos que tenía el que había estado usando hasta el momento. Como no celebrábamos nada, ese inesperado regalo me tocó la fibra y derramé unas lágrimas. «¡No hay para tanto!», exclamó él, sorprendido.

Y así fueron pasando los días hasta que el mes de mayo terminó y llegaron los exámenes parciales.

Desde el momento en que se anunciaron los contenidos que entrarían en las pruebas, los alumnos de tercero empezaron a llenar con sus nervios y angustia la biblioteca y las aulas de estudio. Los mensajes y las llamadas de mi novio también cesaron de golpe. En un abrir y cerrar de ojos habíamos vuelto a la casilla de salida, a la época en que, por mucho que quisiese hablar con él, tenía que contenerme para no molestarlo.

A pesar de que durante la época de exámenes siguieron sucediendo cosas buenas, esas pequeñas alegrías ya no eran suficientes para imponerse al estrés de las pruebas y la tristeza de no poder hablar con mi novio. Me había acostumbrado a esas pequeñas dosis de suerte y ya no me sorprendían.

Solté un suspiro mientras resolvía un ejercicio con el portaminas. Había llegado el último día de exámenes. La verdad era que me habían ido bastante bien, quizá porque había dedicado todo mi tiempo al estudio para no sentirme tan sola; así nadie podría decir que haberme echado novio había perjudicado mis resultados académicos.

Ese día terminaban los exámenes para mí, pero no me sentía en absoluto liberada. En la academia de mi novio seguiría habiendo evaluaciones periódicas y era de esperar que eso lo mantuviese tan ocupado como hasta el momento. Allí separaban a los alumnos por niveles, por eso era tan importante sacar buenas notas en todas las pruebas si quería seguir avanzando. En cierto modo lo comprendía.

Pero comprender algo y ser capaz de aguantarse son dos cosas muy distintas.

Volví a casa y me tumbé en la cama. Seguía apesadumbrada. A pesar de haber terminado los exámenes, no tenía ganas de ver ninguna serie ni de leer un manga, actividades en las que en otro momento me habría sumergido de cabeza como si llevase siglos esperándolas.

Empecé a juguetear con el tarro de los caramelos. Había comido ya tantos que el contenido se había reducido a la mitad.

Me sentía algo frustrada, pues, al fin y al cabo, había cosas que un pequeño golpe de suerte no podía resolver. Y eso que al principio me había sentido invencible.

«Pero solo puedes comer uno al día.» De pronto recordé la voz de Kogetsu.

Hasta la fecha había seguido fielmente sus instrucciones, pero ¿qué pasaría si rompía las reglas? Kogetsu nunca había concretado las consecuencias de comer muchos caramelos a la vez.

Si con uno al día ocurría una cosa buena, pero pequeña, quizá comiendo muchos ocurriría algo muy bueno, ¿no? Mi cabeza empezó a dar vueltas a esa idea.

Desconocía los motivos de la prohibición, pero de pronto hervía con el deseo de intentarlo.

«Come los que quieras, anda», susurró el diablillo dentro de mí. No me lo pensé dos veces: abrí la tapa del recipiente, vertí unos cuantos caramelos en la palma de la mano y me los zampé de golpe.

Ahora tenía la boca llena de bolitas de azúcar difíciles de masticar. Una explosión de dulzor me invadió el paladar e incluso hizo que se me saltaran un par de lágrimas.

El contenido del tarro había vuelto a menguar, pero no me arrepentía; más bien todo lo contrario. Me sentía aliviada y satisfecha, como cuando terminas de engullir un pastel.

—¡Kana, a cenar!

Mi madre me llamaba desde el pasillo.

—¡Voy!

Cuando llegué al comedor, descubrí que mi madre había cocinado el pollo en salsa de tomate que tanto me gustaba, acompañado de ensalada de patata y huevas de pescado, también mi favorita. Casi nunca la preparaba porque decía que se tardaba mucho tiempo.

—¡Anda, mis platos favoritos! —exclamé mientras me sentaba a la mesa.

Mi madre se rio entre dientes.

—Hoy has terminado los exámenes, y tengo la sensación de que te has esforzado mucho, así que he pensado que te merecías un premio.

—Oh... Gracias.

Aunque era cierto que me había esforzado, no me atreví a contarle mi auténtica motivación y sentí una punzada de culpabilidad. Asimismo, me daba vergüenza pedirle consejo sobre mi novio.

En cualquier caso, esa cena tan fantástica también era consecuencia de los caramelos, ¿no? El primer regalo de buena suerte. Estaba impaciente por ver todas las cosas buenas que me aguardaban.

Mi padre se sentó también y empezamos a cenar con la televisión encendida. En aquel momento daban las noticias.

—Ostras, ¿eso no es aquí? —dijo mi padre de repente.

—¿Eh?

Me volví hacia el televisor. Justo en ese momento aparecía en pantalla el nombre de una academia que me resultó muy familiar.

—Han dicho que cierran temporalmente por indicios de corrupción. Vaya, qué mal. Kana, ¿conoces a alguien que estudie allí? ¿Kana...?

No oí lo que decía mi madre. Esa era la academia donde estudiaba mi novio.

—No puede ser...

El color huyó de mi rostro. El estómago se me cerró de tal manera que ya no fui capaz de probar ni un solo bocado más. Mis padres me miraron con preocupación, pero le resté importancia diciéndoles que solo estaba cansada por los exámenes, y volví a mi cuarto.

Me tumbé en la cama. Tenía escalofríos.

¿Y si aquello también había sido consecuencia de los caramelos? ¿Y si por mi culpa la academia de mi novio cerraba para siempre?

Por supuesto, sin clases extraescolares, él y yo podríamos vernos más a menudo y volver a casa juntos...

No pude evitar que ese pensamiento también se me cruzara por la cabeza. —Aun así...

No había sido mi intención que sucediera algo tan grave.

El móvil sonó con la entrada de un nuevo mensaje. Lo abrí nerviosa y vi que era de mi novio. Solo decía que habían cerrado temporalmente la academia y que la noticia ya había salido en televisión. Era un mensaje muy escueto.

Saltaba a la vista que estaba muy afectado. Él siempre acompañaba sus mensajes con algún emoticono, pero esta vez no había puesto ninguno.

No me atreví a llamarlo. Me limité a responderle con otro mensaje diciendo que había visto la noticia y que lo sentía mucho por él.

Tuve miedo de lo que sucedería al día siguiente. ¿Los efectos de los caramelos se acabarían allí? Imposible. Con todos los que me había comido, lo más probable era que quedasen sorpresas para rato.

Esa noche me dormí temblando, deseando con todas mis fuerzas que no sucediera nada más y que el efecto de los caramelos se pasara lo antes posible.

A la mañana siguiente, ya que la academia estaba cerrada, mi novio me propuso volver juntos a casa. Sobre las noticias, se limitó a comentar con tono despreocupado que aún no sabían qué pasaría con la escuela y que, en caso de que cerrasen, buscaría otro sitio, pero era evidente que su tranquilidad era pura fachada. Aunque parecía el chico de siempre y escuchó sonriente todo lo que yo le contaba, en algunos momentos se hacía el silencio entre nosotros. Entonces, él apartaba la mirada y su rostro adoptaba un gesto grave.

Antes de despedirnos, me invitó a estudiar con él en la biblioteca el sábado siguiente. Aunque lo más natural habría sido que me alegrase de pasar más tiempo con él, no solo después de clase, sino también en fin de semana, me resultó imposible celebrar la noticia. No era nada divertido estar con él si seguía tan desanimado.

«Si ignoras la dosis recomendada, yo no me hago responsable de lo que suceda.»

De repente recordé la advertencia de Kogetsu: solo debía comer un caramelo al día.

¿Y si todo aquello era un castigo? En lugar de contentarme con una pequeña alegría al día, mi avaricia me había hecho desear algo más grande, algo que me beneficiase solo a mí, y ahora sufría las consecuencias.

El día siguiente amanecí otra vez con nervios, pero cuando llegó la tarde empecé a relajarme.

El día anterior no había comido ningún caramelo y por el momento no había vuelto a suceder nada raro. ¿Por fin se había pasado el efecto? Como me daba miedo dejarlos en casa, llevaba los caramelos metidos en el fondo de la mochila. Eché un vistazo al recipiente de cristal y suspiré aliviada.

Ese día nos habían devuelto los exámenes corregidos y tanto la puntuación como mi puesto en el *ranking* de la clase fueron los esperados. Aunque me alegré de haber alcanzado la media en Matemáticas, que tan mal se me daba, también sentí una punzada de decepción; por mucho que me esforzase, ese era mi máximo. Quedaba claro que, para sacar mejores resultados, no valía con estudiar solo los días previos a las pruebas. Estaba en bachillerato, el paso anterior a la universidad, y el nivel era alto. Me desanimé.

A diferencia de mí, mi novio se había dejado las cejas estudiando desde que había empezado tercero, así que, en su caso, seguro que habría obtenido buenos resultados.

Eso fue lo que pensé, pero cuando llegué a la puerta del centro, la expresión de mi novio no podía ser más lúgubre.

—Kana, ¿os han devuelto los exámenes? —preguntó él primero, antes de que yo pudiera decir nada.

Acabábamos de salir del centro y aún había muchos compañeros por la calle, así que primero eché un vistazo a nuestro alrededor y luego respondí:

—Sí, me han ido un poco mejor que la última vez y he subido algo en la clasificación de la clase. ¿Qué tal tú?

—A nosotros también nos los han devuelto hoy. Pero, a pesar de que he sacado mejores notas que la última vez, he bajado de posición.

Su respuesta me pilló por sorpresa y me quedé sin palabras.

—¿Eh...? Pero con todo lo que te has esforzado...

A diferencia de mí, que solo había estudiado antes de los exámenes, él había trabajado duro todo el curso.

—Bueno, significa que no soy el único que ha hincado los codos desde que empezamos tercero. Muchos compañeros dejaron las actividades extraescolares cuando empezamos el curso y han mejorado mucho. He sido un iluso por pensar que con la academia ya estaba salvado.

Su tono era de desprecio hacia sí mismo. Nadie podía negar que los alumnos de tercero habían pegado un cambio sin precedentes al empezar el curso, y los dos sabíamos que mi novio no había sido el único que se había esforzado. Lo que no había previsto era un desenlace tan cruel.

—Si sigo así, tendré que cambiar mis preferencias. En casa me han dicho que solo pueden pagarme una pública. Quizá tenga incluso que renunciar a continuar mis estudios en la universidad.

—¡Qué dices! —exclamé. Sabía que en su casa no tenían una posición tan desahogada como para costearle una universidad privada, pero como él, a diferencia de mí, era un estudiante de primera, siempre había pensado que no tendría ningún problema para acceder a la pública.

—Perdona, estoy siendo demasiado negativo. Confiaba mucho en mi profesor de la academia y creo que la noticia me ha afectado más de lo que pensaba. Solo estoy un poco desanimado.

Se esforzó por sonar alegre, pero sus ojos no sonreían. Jamás le había visto esa expresión. Tampoco pasé por alto que tenía ojeras y que su pelo, por lo general limpio y brillante, se veía sucio y alborotado.

Siempre había estado muy orgullosa de mi novio, tan pulcro y atractivo. Lo consideraba un ser perfecto, impecable en todos los sentidos, que jamás se quejaba por nada.

Pero resulta que no era así. Por mucho que fuese un año mayor que yo, no dejaba de ser un estudiante de bachillerato. Su academia se había convertido en noticia y todos sus esfuerzos habían sido en vano. Era imposible que no estuviera afligido.

—¿Qué ocurre, Kana?

Clavó sus ojos en los míos. Para cuando noté las lágrimas empañándome la mirada, ya era demasiado tarde: empecé a llorar sin remedio.

—Cre... Creo que es culpa mía...

Se me puso la carne de gallina y me abracé el cuerpo con brazos temblorosos.

—¿Kana?

—¡Creo que tengo la culpa de lo que ha pasado con tu academia! —chillé.

Mi novio me cogió la mano y me condujo hasta un callejón para apartarme de las miradas de la gente.

—¿Por qué dices eso? Cálmate y cuéntamelo todo —me instó, con voz tierna, mientras me ponía una mano en el hombro.

Entre sollozos, le conté que había comprado esos misteriosos caramelos y que, tras comerme uno al día, habían empezado a suceder cosas buenas, como, por ejemplo, lo de las entradas para el cine que mi amiga nos había regalado.

—Pero todo me sabía a poco... así que acabé rompiendo mi promesa y me comí muchos de golpe. ¡Y eso que el vendedor me había dejado muy claro que solo podía comer uno por día!

Quería volver al pasado, al preciso instante que tomé aquella decisión. Me habría pegado de bofetadas para detenerme si hubiera sido preciso.

—¡Es culpa mía por ser tan avariciosa! ¡No pensé en ti, solo en mi conveniencia! ¡Todo cuanto quería era estar contigo! No me di cuenta de que, por muy contenta que pudiera estar yo, si tú estabas triste, nada tendría sentido. ¡Lo siento mucho!

Después de soltar toda la historia, me arrodillé en el suelo abrazando la mochila, hecha una bolita. No me quedaban fuerzas ni para tenerme en pie.

—Kana... —Mi novio no se rio de mí. Tampoco se desesperó. En lugar de eso, se quedó pensativo, con semblante serio—. Dime, ¿llevas encima esos caramelos?

—S... Sí. Me daba miedo dejarlos en casa y los he metido en la mochila.

Abrí la cremallera y saqué el tarro de los caramelos. Quedaban tan pocos que ya casi se veía el fondo. Mi novio lo agarró y lo observó fijamente un buen rato.

¿Me había creído? Aquella historia sonaba tan absurda que no habría sido raro que se hubiese echado a reír.

—Parecen caramelos normales y corrientes. Pero no llevan ninguna etiqueta y el lazo de decoración es único, no creo que se vendan en ninguna otra parte. —Abrió la tapa y olfateó el contenido—. Huelen a menta —susurró—. ¿Y dices que, si comes uno al día, sucede algo bueno?

—Sí.

Mi novio metió la mano dentro del recipiente y, antes de que pudiese detenerlo, cogió una bolita de azúcar y se la metió en la boca.

—Pero ¡no te los comas! ¡No sabemos qué puede ocurrir!

Me levanté de golpe y le quité el tarro de las manos.

—Tranquila, según tu historia, mientras solo coma uno al día, no sucederá nada malo, ¿verdad?

—Ya, pero...

Lo miré angustiada mientras masticaba la bolita de azúcar. En ese momento, oímos el tono de una llamada.

—Perdona, es el mío... ¿De la academia? —dijo, tras sacarse el móvil del bolsillo de los pantalones del uniforme. Se apartó un poco y respondió—: ¿Diga? Sí... Sí. ¡Oh, ¿en serio?!

Aunque no podía oír lo que decía su interlocutor, su voz se agudizó por la sorpresa y la expresión de su rostro cambió.

Cuando colgó el teléfono, se me acercó sonriendo de oreja a oreja.

—Buenas noticias. Parece que las sospechas de corrupción se han aclarado y reabrirán la academia a partir de mañana mismo.

—¡¿De verdad?! ¡Cuánto me alegro!

No esperaba que ese caso se fuese a resolver casi de un día para otro. Mi novio seguía sonriendo y parecía muy contento.

—Saber que podré volver a las clases me da ánimos

para seguir trabajando. Los exámenes de nivel de la academia me servirán para compensar los malos resultados de hoy.

—Sí... Me alegro tanto de que se haya resuelto tan rápido...

¿Sería eso también consecuencia del caramelo que acababa de comerse?

—Claro... Esta era la solución...

Si lo que quería era que nuestra relación mejorase, lo que tendría que haber hecho desde un comienzo debería haber sido repartir los caramelos entre los dos. Pero estaba tan obsesionada conmigo misma que nunca se me ocurrió esa idea tan simple.

—Ahora que se ha resuelto lo de la academia, ya puedes estar tranquila, ¿verdad, Kana? —dijo mi novio, alargando la mano para coger la mía.

Yo seguía de pie e inmóvil en medio de la calle, pero rechacé su mano y negué con la cabeza.

—No... Esto que ha pasado me ha servido para darme cuenta... de que no merezco ser tu novia.

—¿Eh...? —Se puso tenso. Entonces, frunciendo el ceño, dijo muy despacio—: ¿Me estás diciendo que... ya no te gusto?

—¡Claro que no! No es que ya no me gustes... ¡Es que no me gusto yo! —chillé, apretando los puños y sintiendo los párpados arder otra vez—. Tú me gustas mucho, pero ya no me fío de mí misma. ¿Y si vuelves a tener problemas por culpa de mi avaricia? Ahora sé lo infantil y egoísta que soy.

Mi novio seguía mirándome fijamente. Esta vez fui yo quien se puso tensa a la espera de que en cualquier momento me dijera «De acuerdo, pues rompamos» y se terminase todo. Pero, en vez de eso, sacudió la cabeza a derecha e izquierda.

—Tú no eres la única egoísta, Kana; yo también lo he sido. A pesar de saber que tendría que concentrarme en los exámenes, no fui capaz de rechazarte cuando me dijiste que te gustaba y empezamos a salir. Lo quería todo, sacar buenas notas y disfrutar de la vida con mi novia.

—¿Lo dices en serio...? Pensaba que solo me habías dicho que sí por pura suerte...

—No digas eso. Nos conocemos desde secundaria. Siempre me has parecido muy mona. Te dije que sí porque me gustas.

Me ruboricé hasta las orejas y tuve que agachar la cabeza. No tenía ni idea de que mi novio pensase esas cosas de mí.

—Pero, por culpa de desearlo todo, no he hecho más que priorizarme yo mismo y no me he dado cuenta de que te sentías tan sola. Yo también soy un avaricioso y un egoísta.

—No lo sabía... Siempre se te ve tan sereno... Pensaba que nada te afectaba.

—Solo fingía para hacerme el interesante. La verdad es que ahora mismo el corazón me late a mil por hora por el miedo a dejar de gustarte.

Al contemplar su amarga sonrisa, por primera vez

pude verlo como a un chico más, un chico igual que los de su clase.

—De eso ni hablar. Incluso me gustas más que antes.

—Vaya, gracias —contestó él, dándome unas palmaditas en la cabeza—. Pero bueno, ya lo ves. Todo saldrá bien. No necesitamos más estos caramelos. De ahora en adelante resolveremos los problemas hablando, como ahora.

—Sí... Muchas gracias.

Al darse cuenta de mis esfuerzos por contener las lágrimas, tiró de mí para abrazarme. Era más alto, y su pecho, lo bastante ancho como para que toda yo cupiese en él. El pulso se me aceleró mientras sus manos me acariciaban la espalda.

Después de un rato abrazados, los dos nos separamos, un poco sonrojados.

—A partir de ahora... te contaré lo que me preocupe, no volveré a sufrir yo sola.

—Gracias. Eso me hará muy feliz.

Todo este tiempo me había estado conteniendo por miedo a que se cansase de mí, porque quería ser una novia comprensiva. Y ese había sido mi error. Cabía esperar que de ahora en adelante nos topásemos con más conflictos y dificultades, problemas que probablemente yo sola no podría resolver, pero juntos, sí.

Después de aquello, repartí los caramelos que quedaban entre mi familia y amigos, uno por persona. «Dicen que, si te comes uno de esos, algo pequeño y bueno ocurrirá», les anuncié, y todos parecieron emocionados, como cuando vas al templo a que te lean la fortuna.

Así era como tenían que comerse realmente esas bolitas de azúcar. La simple expectación de que algo bueno fuera a suceder ya era de por sí emocionante, como si la suerte tuviese que cumplirse solo con pensarlo.

—Pero ¿estás segura de que quieres repartirlos? Si tanta buena suerte trae... —me preguntó una compañera de clase, mientras observaba la bolita que le acababa de regalar.

—Claro. Prefiero repartirlos entre todos.

Me había dado cuenta de que, si todas las personas que me importaban recibían un cachito de suerte, al final la felicidad me alcanzaría a mí también.

Un día después de clase volví al santuario, pero el camino hacia las profundidades del recinto había desaparecido. La enorme explanada donde habían estado las tiendas volvía a estar cubierta de árboles y hierba, como siempre.

De repente ya no sabía si esa misteriosa calle por donde había andado aquel día y la CONFITERÍA KOHAKU existían de verdad o no.

—No puede ser... ¿Me habrá embrujado un zorro?[1]

En el momento en que susurraba esas palabras sin darme cuenta, se me apareció el rostro de Kogetsu,

---

1. En japonés utilizan esta expresión cuando nos quedamos en blanco, se nos olvida algo o nos engañan sin darnos cuenta. En este caso es un juego de palabras con lo que ocurrió realmente. *(N. de la T.)*

que refunfuñó: «Lo que hay que oír...». Me eché a reír.

Bajo el sol del atardecer, una figura con forma humana observaba desde el tejado a la chica que deambulaba por el santuario. Vestía un *hakama* y tenía orejas y cola de zorro.

—En realidad, aunque comas muchos caramelos a la vez, solo ocurrirá una cosa buena al día, pero nada malo. Quizá la asusté demasiado —susurró el zorro, en tono jocoso. No había remordimiento alguno en su voz—. Esa mala noticia fue pura coincidencia, pero su culpabilidad hizo que lo atribuyese todo a sus acciones. Eso no lo había previsto.

El zorro entrecerró los ojos a la vez que sacudía la cola.

—Bien, una vez más, creo que me voy a quedar con eso.

A un gesto de su mano, el tarro de caramelos salió flotando de la mochila de la chica y, con un resplandor, fue a parar a las manos del zorro.

—Los humanos siempre hacen lo mismo cuando se dan cuenta de su avaricia. Los encuentro la mar de interesantes.

Sacó el último caramelo que quedaba en el tarro y lo sopló. Al instante, la pequeña bolita de azúcar de color púrpura quedó envuelta en ámbar.

—He conseguido otra muestra de sentimientos. Pero aún necesito recolectar muchas más.

Mientras observaba a la chica buscar en su mochila y torcer la cabeza con un gesto de extrañeza, los labios del zorro esbozaron por última vez una ligera sonrisa antes de desaparecer por arte de magia.

CAPÍTULO 2

EL AZÚCAR DE LA INVISIBILIDAD

No me gustaba mi aspecto.

—Buenos días. Me llamo Koguma y seré el encargado de atenderles hoy. Cuando les entregué mi tarjeta, el matrimonio joven sentado al otro lado de la mesa contuvo la sonrisa a la vez. En ella se leía: «Ayumu Koguma, Inmobiliaria tal, sucursal cual».

Al parecer, cuando la gente veía mi nombre, lo primero que imaginaba era a un oso andando a trompicones. El apellido Koguma, escrito con los ideogramas de «oso» y «pequeño», en combinación con mi nombre, que significa «andar», se lo ponía en bandeja.

—Qué... Qué nombre tan bonito, ¿eh? —dijo la mujer, en un intento de disimular, pero su marido seguía luchando por sofocar la carcajada.

—Ja, ja, ja... Sí, tengo un apellido muy peculiar. Me lo dicen a menudo —respondí, aunque sabía perfectamente que la gente no se reía de un nombre por ser bonito o peculiar.

Cuando me destinaron a la sucursal donde estaba ahora, el director me dio unas palmaditas en la espalda, en mi opinión demasiado bruscas, y me dijo: «Chico, no puedes tener ese nombre y este aspecto a la vez. Pareces un chiste. Que estás tratando con clientes, por el amor de Dios». Y tenía razón. El auténtico motivo por el que mi nombre hacía tanta gracia a todo el mundo era mi apariencia: bajito y regordete, mi barriga sobresalía como un melón. Por si fuera poco, los elementos que conformaban mi rostro, compacto y redondo, carecían de toda agresividad. No había amenaza alguna en mi expresión, era como ese oso de los dibujos animados que adora la miel.

Quizá lo más sabio habría sido avanzarme a los posibles ataques y reírme yo primero, pero para una jugada como esa hacían falta bastante ingenio y unas desarrolladas habilidades sociales, cualidades de las que yo carecía por completo.

La verdad es que de joven nunca me había preocupado mi aspecto; fui un niño bastante feliz. Empecé a esconderme de los demás y a intentar pasar desapercibido en clase después de un incidente concreto que tuvo lugar en la secundaria.

Un día, de camino a casa después de clase, me di cuenta de que me había olvidado algo y regresé al aula, donde me topé por casualidad con un grupito de chicas cotilleando. Entre ellas se encontraba también la chica de la que yo estaba secretamente enamorado y, aun sabiendo que lo que hacía no estaba bien, me puse a escucharlas a hurtadillas detrás de la puerta.

Conversaban sobre los chicos de la clase, sobre quiénes eran los mejores, hasta que una preguntó:

—¿Y qué pensáis de Koguma?

—¿Koguma? ¡Jamás de los jamases! ¡Parece una mascota, como esas de los parques de atracciones!

Quien dijo eso fue precisamente la chica que me gustaba.

«¡Parece una mascota, como esas de los parques de atracciones!» Era la primera vez que oía esa frase. Hasta el momento, nunca me había dado cuenta de lo mucho que se burlaban de mi aspecto mis compañeros de clase.

Mi autoestima adolescente se hizo añicos y lo que le siguió fue una juventud bastante gris. Con tal de evitar las chanzas y el acoso, centré todos mis esfuerzos en convertirme en un ser lo más neutro posible. Creo que fue así como adquirí mis dos únicas habilidades: pasar desapercibido y dibujar esa sonrisa cordial.

Por supuesto, una de las primeras cosas que intenté fue ponerme a dieta, pero de poco me sirvió. Con esa cara redonda y ese esqueleto pequeño y robusto, era prácticamente imposible que llegase a tener nunca una figura esbelta. Por mucho que adelgazase, lo único que conseguía era parecer una pasa marchita. Un día un amigo me dijo: «Koguma, últimamente es como si no estuvieras. Y encima tienes muy mal aspecto». Entonces fue cuando tomé una decisión: si a fin de cuentas iba a ser bajito, al menos prefería ser bajito y regordete, con aspecto lozano, antes que parecer una ciruela seca.

Los años siguientes fueron relativamente apacibles, pero todo volvió a cambiar cuando empecé a trabajar en la inmobiliaria y, por una inexplicable razón, me pusieron de cara al público. Todos mis compañeros eran hombres pulcros y apuestos o mujeres bonitas y elegantes, por eso era incapaz de entender por qué me habían metido en ese grupo.

En cuanto les entregaba mi tarjeta, casi todos los clientes se echaban a reír entre dientes. Cada día tenía que aguantar comentarios y burlas sobre mi nombre y mi aspecto, y eso me sumió en una profunda depresión.

—Ah...

Ese día caminaba arrastrando mi pesado cuerpo de vuelta a la oficina después de enseñar un piso. Ya había empezado a oscurecer, pero eran los últimos días de la estación de lluvias y lo pasaba realmente mal. Unos pocos minutos en la calle bastaban para que mi camiseta quedase empapada de sudor.

—Supongo que no estoy hecho para este trabajo...

Ese día había atendido a dos clientes, un chico con el pelo teñido de rubio y aspecto de gamberro que me había hecho repetir todas las explicaciones cincuenta veces porque decía que hablaba demasiado bajito, y una mujer que se había puesto a reír al verme sudando a chorros mientras le enseñaba el apartamento y me limpiaba la cara una y otra vez con un pañuelo.

El sudor sin duda era desagradable, pero por culpa del incidente con esa chica en mi infancia, cada vez que me quedaba a solas con una mujer me ponía muy nervioso. Tenía un trauma tan grande que cuando veía a una compañera del trabajo hablando con alguien y por casualidad miraba en mi dirección, enseguida pensaba que me estaban criticando.

Llevaba un tiempo planteándome cambiar de trabajo. Aunque en realidad sabía que las probabilidades de que un tipo como yo encontrase un lugar mejor eran relativamente escasas, mi jefe se negaba a reasignarme a otro departamento. Habían pasado ya tres años desde que había conseguido ese puesto recién salido de la universidad. Tenía veinticinco años, era el momento perfecto para cambiar de empresa.

El director de la sucursal intentaba motivarme cual entrenador a su equipo. «Se te da bien el trato con el cliente —me decía—. Confía más en ti mismo.»

Era precisamente esa falta de confianza la que me impedía vender con la agresividad de mi compañero júnior, más joven y guapo que yo. Para mí era imposible presionar al cliente como hacía él con frases como «Este apartamento es muchísimo mejor» o «Yo, sin duda, me quedaría con este» para colocar una vivienda de las caras. En mi caso, cuando los clientes indecisos me preguntaban por cuál apartamento me decantaría yo, siempre respondía con frases ambiguas del estilo: «Bueno, yo quizá elegiría este... aunque es difícil renunciar a este otro, ¿eh?».

—Ojalá fuese invisible... Quizá entonces podría dar lo mejor de mí sin preocuparme por mi aspecto.

No pedía convertirme en el más guapo del mundo de

la noche a la mañana, me conformaría con mucho menos. ¿Por qué los dioses no podían concederme ese mísero deseo?

Tenía muchísimo calor. No había cafeterías ni máquinas expendedoras por la zona y me había bebido ya toda el agua de la botella que llevaba encima. Aún quedaba un trecho hasta llegar a la oficina y, aunque no pudiese refrescarme, al menos quería hidratarme un poco.

—Oh...

Caminaba con la lengua fuera y muerto de cansancio cuando descubrí un santuario muy rústico. A pesar de que me había recorrido mil veces esas calles, era la primera vez que lo veía.

Se me ocurrió que podía dedicar una plegaria a la deidad y, de paso, echar un vistazo por si había alguna máquina expendedora cerca, así que empecé a subir los escalones de piedra.

Crucé la puerta y me adentré en el recinto poblado de árboles. Su sombra era el lugar idóneo para resguardarse del calor. Eché un vistazo a mi alrededor, pero no encontré ninguna máquina de bebidas. Tampoco tenía pinta de que hubiese ninguna oficina; era un templo muy pequeño.

Ya que estaba allí, aprovecharía para rezar. Lancé unas monedas en la caja de las ofrendas y formulé mi plegaria: «Quiero ser invisible. Si esto no es posible, al menos haz que mi jefe me traslade a otro departamento, por favor». Era consciente de que no estaba siendo muy positivo que digamos...

Hice una última reverencia y di media vuelta para

irme, pero entonces noté algo raro y volví a girarme hacia el templo.

—¿Qué...?

Había una esplanada en las profundidades de ese recinto colmado de árboles y vegetación, algo que me pareció bastante extraño.

«¿Por qué han limpiado solo esa parte?», me pregunté mientras me acercaba. Fue entonces cuando descubrí un paisaje de lo más insólito.

Al final del camino que se alargaba en línea recta desde el templo empezaba una calle flanqueada de tiendas. Todas evocaban un aire retro de lo más curioso teniendo en cuenta el moderno barrio residencial donde se encontraba el santuario, como si el tiempo se hubiese detenido en ese rinconcito en medio del bosque.

El aroma a incienso me produjo un escalofrío y sentí que se me ponía la carne de gallina en los brazos.

¿Me estaba dando una insolación? Sin duda, no era normal tener frío con el calor que hacía. Necesitaba beber algo cuanto antes, era una urgencia; tendrían que disculparme en la oficina si llegaba un poco tarde.

Eso fue lo que pensé cuando decidí explorar aquella calle comercial.

Se me hizo un poco difícil andar por allí. Mis zapatos de cuero eran ideales para caminar por el asfalto, pero no por un camino de tierra compacta como ese. La mayoría de las tiendas a derecha e izquierda parecían haber cerrado y el interior que se vislumbraba a través de las ventanas estaba a oscuras. Era como un distrito comercial en quiebra.

Probablemente la modernización del barrio residencial lo había condenado al olvido. Aun así, a muchas personas les gustaban esa clase de lugares y, con una buena revitalización, podría incluso atraer nuevos inmuebles y clientes. Sin darme cuenta, yo ya lo analizaba como un vendedor. Aunque no se me daba bien trabajar de cara al público, lo cierto era que me gustaba bastante el sector inmobiliario.

Sin embargo, ¿cuál era el propósito de aquellas linternas de papel rojas y blancas, o de los carteles con letras de un alfabeto desconocido? Esos detalles construían una atmósfera de lo más peculiar, como una mezcla entre Japón y China.

—¡Ah!

Acababa de encontrar un cartel en medio del camino donde ponía RAMUNE Y HIYASHIAME, dos conocidas bebidas muy típicas del verano y muy tradicionales. El *ramune* era una soda de limón, mientras que el *hiyashiame* era una bebida dulce a base de jengibre.

En las tiendas de hoy en día lo más normal habría sido encontrar un rótulo que simplemente dijese REFRESCOS. Aquella era una caseta pequeña con un mostrador en la pared, como los despachos de tabaco.

—Disculpe... ¿podría darme una soda? —pregunté, inclinándome encima del mostrador para intentar ver el interior a través de la ventanilla. Acto seguido, una mano emergió entre la penumbra y dejó encima de la barra una botella de soda de color azul pálido—. Jo... Jolín, qué susto...

Al menos podrían haber dicho algo. Sin duda, ese vendedor aborrecía a los clientes incluso más que yo.

—Gracias... Dejo el dinero aquí.

Dejé una moneda de cien yenes encima del mostrador y me largué por patas. Sin esperar más, abrí la botella, que era de las clásicas que se abrían presionando el tapón hacia abajo, y me bebí el refresco casi del tirón. Entonces me encontré mucho mejor.

Ya tenía lo que quería, pero decidí dar una vuelta más. ¿Quién sabe? Quizá descubría algún inmueble de interés.

Caminé hasta el final de la calle, donde encontré una pequeña tienda decorada con linternas de papel de color melocotón. Parecía como si estuviera a punto de fundirse con el resplandor anaranjado del atardecer; su sola visión me cautivó. En el cartel ponía CONFITERÍA KOHAKU.

Aunque se notaba que era antigua, las paredes exteriores estaban lijadas, pulidas y bien mantenidas. Su aspecto no tenía nada que ver con el resto de los establecimientos polvorientos de la calle. Los detalles de la puerta de madera tenían un aire chino, pero la estructura en general era más bien japonesa, por lo que daba una impresión un tanto multicultural. Los ideogramas del nombre también eran bastante raros, por no hablar de la enigmática frase que decía que la tienda permanecía cerrada «los días de luna nueva y luna llena».

Dado que siempre me han gustado los edificios extravagantes, enseguida sentí el impulso de entrar y echar un vistazo. Los dueños de esa clase de establecimientos solían ser auténticos bichos raros. En eso pensaba mientras empujaba la puerta para abrirla; mi mente ya había empezado a pincelar al tipo, un hombre con gafas y barba, quizá algo *hippie.*

—Bienvenido —dijo una voz refrescante, muy cerca de la puerta.

— ¡Ay!

—Oh, discúlpeme. ¿Le he asustado?

El dueño de aquella voz era un joven sonriente y tan hermoso que sentí el impulso de parpadear. Su pelo rubio y sedoso combinaba sorprendentemente bien con su *hakama* oscuro.

—He notado la presencia de un humano y quería darle la bienvenida como se merece, pero... a juzgar por su reacción, creo que tengo que mejorar bastante.

—Ah... ¿Eh?

Eso fue todo lo que pude responder ante un recibimiento tan teatral. Quizá había fallado en cuanto a su apariencia, pero el chaval era un bicho raro, en eso había dado en el clavo.

—Me llamo Kogetsu y soy el dueño de este establecimiento. Por favor, tómese el tiempo que quiera para mirar —dijo el chico. Tras dedicarme una reverencia, volvió a su sitio detrás del mostrador en el fondo de la tienda.

Los chicos guapos como él podían abrir una tienda en un distrito comercial abandonado como ese y tener éxito de todas formas. No parecía que lo asediaran muchos problemas. Sentí una punzada de envidia.

Cuando me hube recuperado del susto, me dispuse a inspeccionar la tienda. La suave luz de las lámparas iluminaba las estanterías, altas hasta la cintura y repletas de todo tipo de dulces. Desde los típicos pastelitos y gelatinas de pasta de judías rojas a esas golosinas tradicionales que vendían atadas con un cordel y los clásicos caramelos de antes. Se intuía cierta armonía en medio del aparente desorden, lo cual resultaba algo desconcertante. Quizá era debido a las pequeñas etiquetas que habían colocado delante de los dulces.

Eran los nombres de cada artículo, escritos con un pincel en cartulinas de papel japonés. Todos eran un poco extraños. Delante de un tarro transparente de caramelos de azúcar habían colocado una etiqueta que decía «caramelos de la avaricia». Puede que esa fuese la gracia, añadir un calificativo especial a cada artículo. Lo que no podía entender era qué tendrían que ver esas perlas de azúcar con la avaricia.

—Ah...

Aunque todos me parecieron de lo más curiosos, me detuve sin querer delante de la estantería de *wasanbon*, las figuritas tradicionales de azúcar fino. Las había de flores y animales, todas bien empaquetadas en cajitas. En el rótulo ponía «azúcar de la invisibilidad».

No podía creerlo. Era como si el autor de esa etiqueta hubiese escuchado mi plegaria y conociera mi deseo de convertirme en el hombre invisible.

—Disculpa... ¿Por qué se llama «azúcar de la invisibilidad»? —le pregunté a Kogetsu, detrás del mostrador.

—Cuando uno se mete en la boca una de estas figuritas, el azúcar se deshace suavemente en cuestión de segundos, ¿verdad? ¿No cree que a veces estaría bien desaparecer de la misma forma?

Kogetsu me miró entrecerrando sus ojos dorados y yo no pude evitar sentir que me estaba leyendo la mente.

—Me... Me las llevo.

Aunque resultaba todo un poco siniestro, ganó el deseo de probarlas.

—Muchas gracias. Serán quinientos yenes.

La caja era pequeña, pero, por ser azúcar *wasanbon*, me pareció bastante barato. Pensando que seguramente me las terminaría en un día, decidí llevarme dos cajas.

—Aquí tiene. Consúmalos según las instrucciones y la dosis recomendada.

Metí en el maletín la bolsa de papel de color sepia que me entregó Kogetsu y me alejé de esa calle con pasos rápidos.

No tardé en arrepentirme de mi elección. La atmósfera de la tienda me había empujado a comprar dos cajas iguales cuando podría haber cogido algo diferente. A la mañana siguiente, cuando probé una de las figuritas, me di cuenta enseguida. Al fin y al cabo, aquello solo sabía a azúcar, no era algo que apeteciese comer sin parar.

Pero bueno, ahora daba igual. Como el azúcar tarda mucho en caducar, podía ir comiendo un poquito cada día hasta terminarme las dos cajas. En eso pensaba cuando salí de casa. Antes de llegar a la oficina, entré en el pequeño supermercado del que ya era cliente habitual. Cada día compraba allí alguna bebida y el almuerzo.

Elegí un café, una bebida isotónica y un plato preparado de carne, y me dirigí a las cajas para pagar, que en ese momento estaban vacías. Esperé, pero el dependiente no se presentó.

—Disculpe... —dije entonces, intentando llamar la atención de otro chico que ordenaba las estanterías justo a mi lado.

—¿Eh? —El encargado puso cara de sorpresa—. ¡Lo siento, no le había visto! ¡Enseguida le cobro!

Era un chico joven, parecía ser todavía un estudiante, y corrió detrás del mostrador mientras se disculpaba con varias reverencias.

Después de pagar, me dispuse a salir de la tienda sin darle mayor importancia. Esas cosas pasaban a menudo, tampoco era tan raro. Sin embargo, antes de salir pude oír la conversación que estaban teniendo el chico que me había atendido con otro hombre que, por su edad, supuse que sería el encargado del establecimiento.

—Oye, ¿cómo es posible que no hayas visto al cliente si lo tenías delante?

—Es que... Estaba vigilando la caja, pero no sé por qué no lo he visto.

—¿Cómo? ¿Qué excusa es esa?

Me di la vuelta justo delante de la puerta automática y miré al chico de soslayo, que en ese momento ladeaba la cabeza con extrañeza.

Ese día en la oficina también sucedieron más fenómenos extraños. A pesar de estar en la misma sala, el jefe preguntó «¿Dónde está Koguma?» porque no me había visto y me andaba buscando. Más tarde, cuando entregué mi tarjeta a unos clientes, no hubo reacción alguna y, para colmo, cuando saludé a mi compañero en la sala de descanso, este se asustó y dijo: «¿Koguma? ¿De dónde has salido?». Y eso que yo estaba en el cuarto antes de que él entrara.

Al principio no quería creérmelo, pero después de todo lo sucedido me costaba negarlo. ¿Y si realmente me había convertido en el hombre invisible?

No, esa expresión no era la más precisa. Lo que se había vuelto invisible no era yo físicamente, porque sí podían verme, sino mi presencia. Eso lo definía mejor. Y probablemente la causa fueran las figuritas de «azúcar de la invisibilidad» que había comprado el día anterior.

¿Y si ese tal Kogetsu era en realidad un dios que había oído mi plegaria en el templo? Se había compadecido de un pobre miserable como yo y había decidido hacer realidad mi trivial deseo. Eso explicaría la existencia de aquella misteriosa tienda y su rubio dependiente, tan hermoso como una visión.

A pesar de todos mis esfuerzos por pasar desapercibido, mi apariencia siempre me había hecho llamar la atención. Pero ahora eso se había acabado. Parecía un sueño hecho realidad.

A partir de ese día, empecé a comer un poco de ese azúcar todas las mañanas antes de ir a trabajar. De repente me alegraba haberme llevado dos cajas. Si solo comía un poco cada día, seguramente me durarían un mes entero. Y, cuando me quedase sin nada, solo tendría que volver al templo a por más.

Ahora que los clientes no reaccionaban de ninguna forma ni a mi aspecto ni a mi nombre, tratar con ellos era mucho más ameno. Incluso me atrevía a presionarlos más, a vender con mayor agresividad. Nunca pensé que fuera tan fácil. Ahora que sabía que nadie se reiría de mí dijese lo que dijese, no me costaba mostrarme más seguro. Las jornadas grises se volvieron alegres, hasta el punto de que casi iba brincando a la oficina. Fue entonces, pasados unos días, cuando tuve un reencuentro inesperado en el trabajo.

Después de que le entregase la tarjeta y leyera mi nombre, la clienta me inspeccionó un momento y dijo:

—¿Eh? ¿Eres Koguma?

—No me digas que... ¿Takada?

—¡Sí, soy yo! Ostras, qué sorpresa encontrarte aquí. Vaya, así que trabajas en una inmobiliaria.

La chica que ahora se reía tan alegremente era la misma que en secundaria me había llamado «mascota» y me había provocado ese trauma. Habría preferido que no se diese cuenta de quién era, pero era demasiado pedir que mi nombre también se volviese invisible.

Aunque habían pasado diez años y su aspecto era más adulto, el moño con el que se recogía el pelo castaño claro y su estilo tan deportivo de vestir no habían cambiado desde entonces.

—Y... ¿estás buscando un piso?

—Sí, exacto. Es que estamos a punto de casarnos y... Ah, te presento a mi futuro marido.

El hombre que se sentaba a su lado inclinó la cabeza en un saludo y Takada se sonrojó.

—Oh, ¿os vais a casar? Muchas felicidades.

Los felicité, aunque por dentro estaba perplejo. Lo primero que había pensado de su acompañante era que se trataría de algún hermano o familiar. El futuro marido de Takada era bajito, regordete y de rostro afable, con gafas. Era prácticamente igual que yo.

¿En serio esa chica, que en su momento había dicho de mí textualmente «¡Jamás de los jamases! ¡Parece una mascota, como las de los parques de atracciones!», iba a casarse con un tipo así? Ahí había algo que se me escapaba.

No obstante, la pareja que tenía delante de mis narices inspeccionaba los planos de los apartamentos con mucha atención. De vez en cuando uno de los dos hacía algún comentario y se reían. Desprendían esa felicidad tan tierna de dos jóvenes enamorados a punto de casarse.

Me pareció demasiado gratuito pensar que sus gustos debían de haber cambiado. La única explicación plausible era que ese chico fuese tan buena persona que la había conquistado a pesar de su apariencia.

—Has cambiado mucho, Koguma. Hasta que no he visto tu nombre en la tarjeta, no me he dado cuenta de que eras tú.

—Ah, ¿en serio?

—Sí... No sabría cómo explicarlo... Ahora que me fijo, en realidad estás casi igual, pero... Es como si destacaras menos... Ah, perdón.

Ella tampoco había cambiado. Continuaba diciendo lo que pensaba con bastante mala educación. Aunque fue precisamente esa espontaneidad lo que me cautivó en secundaria.

Les propuse enseñarles varios pisos y los invité a subir al coche de la empresa. Así fuimos a visitar apartamentos idóneos para recién casados, bonitos y con unas cuantas habitaciones.

Cuando ya habíamos visto algunos, el hombre, que al parecer se había escapado unas horas del trabajo, se despidió con un saludo formal y nos dejó. Le ofrecí llevarlo en coche hasta su oficina, pero dijo que no estaba tan lejos y que prefería ir a pie.

—Takada, aún nos quedan unos cuantos apartamentos, pero ¿seguro que quieres que vayamos sin él? —le pregunté, mientras repasaba los mapas que llevaba en mi archivador.

A pesar de que nos habíamos quedado solos, no estaba nada nervioso.

—Sí. Me ha dicho que, si me gusta alguno, podemos quedárnoslo.

—Vaya... Parece buen tipo, ¿eh?

Más de una vez había visto al marido dejar que la mujer tomase la decisión final, pero, si confiaba en ella hasta el punto de que ni siquiera necesitaba ver los pisos, es que respetaba mucho su opinión.

—Oye... Quería decirte una cosa de cuando íbamos a secundaria...

Le estaba enseñando el baño y una de las habitaciones cuando me interrumpió de repente, algo tímida. El corazón me dio un vuelco al recordar esa época. Me la imaginé sentada encima del pupitre, columpiando las piernas debajo de la falda de marinera mientras me criticaba.

—Un día, después de clase... dije algo horrible sobre ti, Koguma. Me oíste, ¿verdad? —Lo sabía, iba a sacar ese tema. Le supliqué mentalmente que no lo hiciese, que no echara sal en la herida, pero ella siguió hablando—: La verdad es que...

—Ah, no te preocupes, en serio. No importa. Soy yo quien se avergüenza por haber escuchado a escondidas... ¿Te diste cuenta? —la interrumpí, rascándome la cabeza.

Sabía por experiencia que, si convertía ese episodio en una simple anécdota divertida, toda aquella situación sería más llevadera.

—S... Sí... Lamento mucho lo que dije, de verdad.

Me dio la impresión de que quería añadir algo más, pero se lo impedí. Hice gala de mi mejor sonrisa y continué mostrándole el piso como si nada, previniendo así que siguiera insistiendo en el tema.

—Te estoy muy agradecida. Gracias a ti hemos encontrado el piso ideal.

El último apartamento que le enseñé le gustó mucho y Takada firmó los papeles para el contrato provisional antes de irse a casa.

Aunque la había interrumpido a media frase y no la

había dejado terminar, el simple hecho de que se hubiera disculpado por lo ocurrido en secundaria me hizo sentir bastante mejor, como si empezase a superar mi trauma. En realidad, lo que me ayudó a borrar aquel mal recuerdo fue el hecho de saber que ella había estado sufriendo por lo sucedido tras enterarse de que yo la había oído esa tarde.

Aun así, no tenía ninguna intención de desprenderme de ese artículo tan poderoso que había conseguido. Al fin y al cabo, mi vida era más fácil desde que comía un poquito de ese azúcar todas las mañanas. Ahora que sabía que la gente no se fijaría en mí, podía dejar de sufrir por sus opiniones.

Hasta entonces había intentado compensar mi gordura cuidando mi peinado y afeitándome cada día sin falta para que los clientes no se sintieran tan incómodos a mi lado. Como en verano sudaba tanto, me ponía mucho desodorante y siempre guardaba en mi taquilla camisetas interiores y camisas de recambio. También intentaba caminar sin hacer ruido y me encogía cuando me cruzaba con alguien. Además, en la oficina llevaba especial cuidado de no rozar sin querer a ninguna de mis compañeras porque no quería causarles ningún malestar.

Ahora, sin embargo, había dejado de preocuparme por todo eso. Qué agradable era la vida sin tener que estar constantemente pendiente de las reacciones de los demás.

Por esa razón seguía comiendo un poco de ese azúcar todas las mañanas.

—Nuestra sucursal ha liderado las ventas de la zona

durante mucho tiempo, pero este mes hemos cerrado menos contratos y los números no han sido tan buenos. Estábamos en la reunión de empleados de cada fin de mes. El director presentaba los resultados con semblante serio, mientras yo lo escuchaba bastante ausente, como si la cosa no fuese conmigo.

Al fin y al cabo, mis ventas no habían disminuido en absoluto, más bien todo lo contrario: reforzar la confianza en mí mismo me había ayudado a mejorar mi trato con los clientes y había firmado incluso más contratos que antes.

En realidad, aquello no era culpa de nadie en concreto. De vez en cuando había meses malos, eso es todo. Yo personalmente no le daba ninguna importancia.

Sinceramente, cuando el director me llamó en privado después de la reunión, lo que pensé es que iba a felicitarme.

—Koguma, toma asiento.

Su expresión grave me desconcertó.

—Va... Vale.

Estábamos solos en la sala de descanso, sentados uno frente al otro en una mesa larga. El director me miraba con los brazos cruzados y el mentón apoyado en una mano, sin moverse. Un silencio denso y pesado se había apoderado de la estancia.

De repente se rascó con ganas el pelo engominado y peinado hacia atrás y soltó un gran suspiro. Por mucho que hubiese dejado de preocuparme por el qué dirán, reconozco que ese gesto me pilló desprevenido y me encogí sin querer. Al fin y al cabo, uno no podía dejar de ser un pusilánime en menos de un mes.

—Oye... Has cambiado tu forma de tratar con los clientes, ¿verdad?

Su pregunta me alivió. Aquello ya se parecía más a lo que había previsto.

—Exacto. He hecho lo que me pidió. Ahora intento vender de una forma más agresiva, confiando más en mí mismo y...

Empecé a soltarle toda la palabrería que me había preparado con tono triunfador, pero el director me interrumpió negando ostentosamente con la cabeza.

—Te equivocas, Koguma. Te dije que confiaras más en ti mismo, pero creo que no entendiste mi mensaje.

—¿Eh? —Me quedé perplejo y no supe qué contestar.

—Supongo que no me expresé bien... Yo no quería que te convirtieras en lo que eres ahora, Koguma.

—¿Qué quiere decir?

—Relájate, que esto va para largo —dijo entonces, y empezó a hablarme con voz calmada.

Lo que me contó a continuación fue una revelación para mí. Resulta que la pasividad con la que siempre trataba a los clientes estaba muy bien valorada entre las mujeres y los hombres más reservados. El director lo sabía y por eso me los había estado mandando todos a mí. Sin embargo, desde que mi trato con ellos había cambiado, esa clase de clientes había dejado de confiar en nosotros y por eso la sucursal había bajado su rendimiento.

—Yo te pasaba todos los clientes que no podía dejar

en manos de tus compañeros. Si hasta entonces habíamos obtenido tan buenos resultados era porque tú conseguías contratos con los clientes más complicados. Tenías ese don para adivinar lo que buscaban y llegarles al corazón. El director hablaba mirándome directamente a los ojos, como si quisiera asegurarse de que lo entendía.

—No lo sabía... —Estaba hecho un lío, y eso fue todo lo que pude susurrar con voz temblorosa.

Sin embargo, pensándolo bien, enseguida me di cuenta de que era verdad. A mí rara vez me tocaban los clientes con malas pulgas, por ejemplo. Esos iban todos a mi compañero, el guaperas.

El director de la sucursal se encargaba de distribuir el trabajo según la personalidad de cada uno de nosotros.

—Me parece bien que hayas aprendido a confiar más en ti mismo, pero, dime, ¿no crees que se te ha olvidado algo muy importante?

El director me miró como si pudiera leerme la mente.

Intenté acordarme de cómo era mi trato con los clientes antes de cambiar. Por lo general, me fijaba en sus gestos mientras les hablaba y me servía de sus reacciones para entender qué puntos tenía que explicar con mayor detalle y qué necesitaban oír para decidirse. Me devanaba los sesos para dar con esas respuestas. Y, por supuesto, cuando percibía que el cliente necesitaba un tiempo para pensar, me limitaba a guardar silencio para concederle su espacio.

Eso no era algo que pudiese lograrse sin observar a los

clientes con mucha atención. Así era como «les llegaba al corazón», aunque ni yo mismo era consciente de ello.

¿Cómo había sido, en cambio, mi trato hacia ellos ese último mes? El hecho de saber que nadie se fijaría en mí me había convertido en un vendedor vanidoso. No me había parado a pensar ni un momento en las necesidades de los clientes. Me daba igual el proceso mientras acabaran firmando el contrato con el piso que les recomendase.

—Ya sé que te preocupa tu aspecto, pero eso hace que seas menos agresivo. En este negocio, una apariencia amable es más un arma que una desventaja, créeme. Era en ese sentido que quería que confiaras en ti. En ningún momento quise que perdieras tu mayor virtud.

—Ah...

Pensándolo bien, el director me lo había dicho desde un comienzo: «Se te da bien el trato con el cliente». Me lo repetía a todas horas. Había sido yo quien no me había tomado en serio sus palabras. Porque era un retorcido, un obstinado y un pesimista que solo sabía ver el lado malo de las cosas.

Yo era el único obsesionado con mi aspecto.

—Además, yo nunca he pensado que tuvieras mala presencia. En realidad, no creo que nadie lo piense. ¿Sabes qué me dicen tus compañeras? Que ojalá yo fuese tan amable como tú. Siempre se me quejan —dijo el director, dibujando una sonrisa amarga en su semblante serio.

Al salir de la habitación detrás de él, Kazama, una de mis compañeras, vino a buscarme.

—Koguma...

Tenía veinticuatro años, solo uno menos que yo. Era una chica jovial que siempre sonreía a todo el mundo, como el sol de la oficina.

Sin embargo, en ese momento la vi algo alicaída, como si hubiese estado dando vueltas por el pasillo esperando a que saliéramos.

—¿Qué ocurre, Kazama?

—Es que he oído que el director te ha llamado... ¿Va todo bien? —susurró ella, tras comprobar que el jefe se había metido en otra sala y ya no nos oía.

—Ah, sí. Me ha reñido un poco, pero... la verdad es que ahora me siento como nuevo.

—¿Como nuevo? —Ladeó la cabeza, pero al darse cuenta de que no iba a contarle nada más, empezó a juguetear nerviosamente con las manos. ¿Qué le pasaba?

—Eh... ¿Has venido a buscarme porque estabas preocupada por mí?

—Ah, sí, pero... no solo por eso... —Me miró de soslayo, aún sin atreverse a hablar claro. Me sentí mal por ella. En momentos así, mi capacidad de adivinación era completamente inútil.

Al cabo de unos instantes, Kazama pareció decidirse y alzó el rostro con determinación.

—Te... ¿Te gustaría que fuéramos los dos a tomar algo esta tarde? Quería consultarte una cosa...

—Oh, ¿a mí? ¿De verdad puedo ayudarte en algo?

Era la primera vez en mi vida que una mujer me proponía ir a tomar algo; no salía de mi asombro.

Por si fuera poco, más de una vez había pillado a Kazama cuchicheando con las otras compañeras mientras miraba en mi dirección, por lo que siempre había pensado que me despreciaba.

—Sí, me gustaría hablar contigo, Koguma —repitió ella, asintiendo con convicción mientras apretaba los puños con fuerza.

¿De qué querría hablar conmigo que no pudiese hablar con nadie más? Dudaba mucho que me viera como un buen consejero amoroso. Y si en lo que estaba pensando era en cambiar de trabajo, por ejemplo, no estaba muy seguro de poder aconsejarla.

No obstante, ella había decidido confiar en mí, lo vi en sus ojos. Por eso supe que no podía negarme.

—Claro, de acuerdo. Pensaré un sitio.

—Muchas gracias.

Luego lo hablé con ella y descubrí que, al igual que yo, Kazama tampoco tomaba alcohol, por lo que, en vez de decantarme por algún bar de copas, elegí un restaurante italiano donde pudiéramos cenar.

—Debo admitir que estoy algo sorprendido. Es la primera vez que una mujer me propone ir a cenar —le confesé. Ya habíamos terminado con los entrantes, nos habían servido el plato principal y estaba un poco menos nervioso.

Kazama, que en ese momento se disponía a llevarse a la boca la pasta a la genovesa que se había pedido, se detuvo con el tenedor a medio camino y me miró entornando los ojos.

—¿De verdad? Pero eres siempre tan amable, Koguma, que por fuerza tienes que gustar a las mujeres.

—¿Eh? En... En absoluto, qué va. En secundaria una vez me dijeron que era como una de esas mascotas de los parques de atracciones.

Ahora podía incluso bromear con mi trauma, pero Kazama frunció el ceño y me miró con expresión grave.

—Eso... te lo dijo una mujer, ¿no?

—Sí, una chica de mi clase.

—¿Y no crees que lo dijo para disimular su vergüenza? En el fondo, seguro que le gustabas, Koguma.

Aquello me pilló tan desprevenido que se me cayó el tenedor encima del plato de pasta con un ruidoso estruendo metálico.

—¡Qué va! ¡Imposible, imposible! Nunca me dio esa sensación...

Empecé a sudar y vacié el vaso de agua de un trago, pero me atraganté por los nervios y tosí.

—¿Estás bien? —me preguntó Kazama, muy preocupada.

Yo no era ningún conquistador. Daba pena, era consciente de ello, pero, al fin y al cabo, ese era yo. No se trataba de aparentar; solo tenía que encontrar las virtudes ocultas en mi yo más auténtico. Ahora entendía que tal vez eso era, precisamente, lo que había querido decirme el director.

—La verdad es que estaba convencido de que te caía mal, Kazama. Por eso me alegro de que me hayas propuesto salir a cenar.

—¿Eh? ¿Que me caías mal? ¿A mí? —repitió Kazama, señalándose con el dedo y abriendo los ojos de la sorpresa—. No me digas que... —empezó a decir, con miedo—. ¿No te has dado cuenta de que hablo mucho de ti con las chicas?

—Eh... Bueno... Te vi algunas veces cuchicheando algo mientras me mirabas y...

—Madre mía... —Kazama se llevó las manos a la cabeza—. Claro, por eso pensaste que... Lo siento mucho. Yo nunca te he criticado, tienes que creerme. En realidad, mis comentarios suelen ser más bien del tipo «Qué mono está hoy Koguma, parece un osito» u «Hoy me he atrevido a hablar con él»...

—¿Eh...? —Fue lo único que fui capaz de decir.

Kazama agachó la cabeza. El rubor le teñía las mejillas.

—La verdad es que siempre me has llamado mucho la atención y... lo de que quería pedirte consejo era más bien una excusa para...

Así me enteré de que Kazama siempre me había mirado con buenos ojos, desde el primer día que había puesto los pies en la oficina. Pero era tan bonita y alegre que yo había dado por sentado que tendría novio.

Cuando le pregunté si no prefería a un chico más guapo, ella respondió:

—A mí me gustan los hombres que se ve a simple vista lo dulces que son. Prefiero los hombres entrados en carnes, me parecen más tolerantes que los delgados.

Esa fue su respuesta. ¿Tendría algo que ver con lo que

había dicho sobre Takada, que solo quería ocultar sus verdaderos sentimientos? De repente descubría que también había chicas a las que les gustaban los hombres como yo. Había llenado el cupo de revelaciones por un día, mi cabeza no daba para más.

Sin embargo, Kazama había hecho de tripas corazón y me había dicho alto y claro lo que sentía por mí, así que se merecía la misma sinceridad por mi parte.

—La verdad es que todo este tiempo tenía un conflicto conmigo mismo... por mi aspecto. Por eso siempre he sido muy pesimista con respecto a las mujeres y el amor... ¿Te importaría... que empezásemos siendo amigos?

El corazón me latía con fuerza contra las costillas; sentía que se me iba a salir por la boca. Hasta ese momento nunca habría imaginado que diría esas palabras.

Siempre había pensado que había nacido para ser el complemento de alguien. Pero ese día el director y Kazama me habían enseñado que estaba equivocado.

Kazama se sonrojó y, con una sonrisa, dijo:

—Me parece perfecto.

Esa noche tiré el azúcar que me quedaba en casa. Ahora sabía que no lo necesitaba.

Había tenido que convertirme en el hombre invisible para darme cuenta de que yo no estaba hecho para ese papel. Aquello parecía el guion de un cuento muy sarcástico.

—Quizá Kogetsu sí era un dios a fin de cuentas...

¿Seguiría existiendo esa tienda? No pensaba ir a comprobarlo. A veces había cosas que era mejor no saber.

La luz de la luna recortaba una silueta en lo alto del muro de un bloque de apartamentos de dos plantas. Vestía un *hakama* y, desde su posición, tenía una vista privilegiada del balcón.

Sacudiendo las orejas y la cola de zorro, Kogetsu susurró, con notable interés:

—Las mujeres son muy perspicaces. Koguma no se había dado cuenta, pero Kazama se lo ha olido enseguida. En realidad, Takada siempre estuvo enamorada de él. Solo dijo aquello porque le dio vergüenza admitirlo delante de sus amigas. —Entrecerró los ojos a la vez que sus labios dibujaban un arco—. Si hubiera escuchado todo lo que intentó decirle cuando se reencontraron, quizá el desenlace hubiese sido otro. Pero, bueno, si ambos son felices ahora, no creo que haya ningún problema.

Kogetsu estiró el brazo y, con un chasquido de dedos, el azúcar que Koguma había tirado apareció de repente delante de sus ojos. Era una figura con forma de flor de cerezo. Kogetsu la sopló y el azúcar quedó envuelto en ámbar translúcido.

—Una vez más, he conseguido otra muestra muy interesante. Aunque mira que pensar que soy un dios... Los humanos tienen ideas muy extrañas.

Una silueta humana y regordeta se movió al otro lado de las cortinas. Tras apagarse la única luz de la habitación, Kogetsu también se desvaneció.

CAPÍTULO 3

LOS PASTELITOS DE CASTAÑA A LA VISTA

Las cosas que me gustan: los gatos, la fotografía, las series románticas y el té con leche. También todos los dulces, en especial los bocadillos de frutas y nata. Muchos piensan que el pan y la fruta no pegan, pero yo creo que ese puntito salado del pan de molde le da el equilibrio perfecto al postre.

Todo esto no se lo había contado nunca a mis amigas. Nadie sabía que mis gatos preferidos, por ejemplo, eran aquellos prácticamente negros pero que tienen el pecho, el morro o las patitas blancas. Tampoco contaba nunca que las cámaras que más me gustaban eran las analógicas, como las *Toy Cameras*.

Me gustaba el té con leche, pero nunca decía de qué marca, qué tipo de té prefería ni nada de eso. Es que, a ver, me costaba creer que estos detalles interesasen a alguien.

Lo mismo con las series. A todo el mundo le gusta hablar de las que están de moda, pero si sacas a colación alguna serie extranjera que no sea muy famosa, te arquearán las cejas y te mirarán raro porque no sabrán qué decir.

A veces me costaba identificar el momento en que una simple conversación cotidiana se volvía algo más profunda. En esos casos siempre me quedaba callada. Era más fácil limitarse a escuchar e ir asintiendo de vez en cuando con la cabeza.

Cuando hacía eso, mis amigas de la universidad siempre se mofaban. «¿Otra vez en el país de las maravillas?», «Estás en la parra». Pero se equivocaban. No es que estuviese en la parra, lo que pasaba era que no sabía qué responder.

Lo cierto es que me habría gustado dar mi opinión sin dejarme arrastrar por los demás, confesar lo que realmente pensaba de las cosas. Pero entonces me preguntaba si mis amigas querrían que hiciese eso y al final nunca daba el paso. «Tú siempre tan discreta, Yui», me decían, y yo no podía hacer más que dibujar una sonrisa mustia.

Estaba en la universidad, la primera clase de la mañana.

Cuando entré en el auditorio, enseguida vi a mis amigas haciéndome señas con la mano desde lejos.

—¡Yui! ¡Aquí, aquí!

—¡Hola!

Saludé a las chicas mientras me sentaba en el sitio que me habían guardado.

—Buenos días, Yui. ¡Oh, hoy estás monísima con esta camiseta a rayas y la falda ancha, excelente combinación!

—Esa era Saya. Tenía el pelo castaño y ligeramente ondulado. Era una chica muy guapa y elegante.

—Hola. ¿Hoy no se te ha olvidado nada? —Esa era Reo, una belleza algo fría y distante, con el pelo negro corto y un estilo de vestir más masculino.

A su lado, yo era la más normal, como una universitaria estándar. Aunque teníamos la misma edad, me daba un poco de envidia que ellas ya hubiesen encontrado su estilo de vestir y de maquillarse, mientras que yo seguía perdida haciendo pruebas. Me había maquillado por primera vez al empezar la universidad y aún no estaba acostumbrada a ir a clase sin uniforme cada día, por eso siempre acababa vistiéndome de la misma forma. Ojalá existiese un hechizo para reproducir las combinaciones que salían en las revistas de moda con un simple toque de varita.

Ninguna de las tres nos parecíamos en nada, ni en aspecto ni en carácter, pero, por alguna razón, habíamos congeniado enseguida nada más empezar la carrera. Saya decía las cosas tal cual eran, sin rodeos, y a veces podía resultar un poco mordaz y tajante. Reo no solía hablar de sí misma, pero sabía escuchar a los demás. Yo era la despistada, la que estaba siempre en las nubes, y ellas no perdían ocasión de fastidiarme con eso.

Las cosas funcionaron de maravilla entre nosotras... hasta que llegaron las vacaciones de verano.

Habían pasado un poco más de tres meses desde que empezamos el curso. Cuando por fin nos habíamos acostumbrado a la libertad del sistema universitario y a las clases y conocíamos un poco a todos, Saya empezó a salir con un chico. Nos contó que era un compañero algo mayor del club de tenis. Sé que tendríamos que habernos alegrado por ella, pero la verdad es que Saya empezó a cambiar, y mucho. Se pasaba el día alardeando de su novio. Al principio la escuchábamos con cierta ternura; simplemente, pensábamos que estaba loca por él. Por lo visto, él le dio una sorpresa cuando cumplieron un mes juntos y un día la llevó a comer a un restaurante muy famoso.

No sabría decir exactamente cuándo empecé a notar ese matiz diferente en su forma de presumir. «Tienes que ser un poco más sofisticada, Yui. Así nunca te echarás novio. Y tú también, Reo. Intenta vestir como les gusta a los chicos»; «Una amiga del club está saliendo con un chico del mismo año, pero yo creo que es mejor salir con uno un poco mayor. Los de primero aún no tienen coche ni dinero, a mí no me gustan». De vez en cuando iba soltando esta clase de comentarios despectivos hacia los demás.

Cuando me dijo que nunca me echaría novio, me embargó una especie de desazón en el pecho. Tampoco me gustó que diera por sentado que quería un novio, cuando la verdad era que en ese momento concreto aún no sentía ninguna necesidad.

Fue por aquel entonces cuando vi una serie sobre los efectos de las relaciones tóxicas entre mujeres. Las dominantes hacían sentir inferiores a sus compañeras presumiendo y lanzando indirectas. «Esto es lo que hace Saya», pensé. Se me acababa de caer la venda de los ojos. Aquello explicaba también la angustia que había experimentado en el pecho tras su comentario, por mucho que en ese momento le hubiese respondido con un «Ya, tienes razón» y una sonrisa.

Sin embargo, no me atrevía a decirle que sus observaciones me hacían sentir mal y que parase de una vez, ni que lo que hiciese o dejase de hacer con su novio me importaba más bien poco. Temía que decir algo así arruinase nuestra amistad.

Si de repente alguien como yo, con fama de no decir nunca una palabra más alta que otra, hubiera sido tan directa, lo más probable es que mis amigas se hubiesen alejado de mí con el típico «Es que no sabíamos que eras así». Quién sabe, si nunca hubiese tenido pelos en la lengua, quizá mi vida entera habría sido diferente.

Me habría gustado hablar de ello con Reo; creo que me habría ayudado a sentirme mejor. El problema era que ella siempre ignoraba los comentarios de Saya y nunca decía nada, de modo que costaba adivinar su opinión al respecto.

Empecé a obsesionarme; me pasaba los días dándole vueltas y más vueltas al tema, aunque sin compartirlo con nadie. Por un lado, no entendía por qué de repente a Saya le había dado por mostrarse tan altiva con nosotras y, por otro, tampoco sabía qué pensaba Reo.

Eran las primeras amigas que había hecho en la universidad. Ellas tenían lo que a mí me faltaba, las apreciaba y eran importantes para mí. Las quería de corazón y deseaba que se convirtiesen en algo más, en amigas con quienes poder ser yo misma, pero no sabía cómo hacerlo. Tampoco estaba muy segura de que yo fuese tan importante para ellas como lo eran para mí.

Ese día, tras terminar las clases, en lugar de quedarme a charlar con ellas, fui a visitar un templo que había cerca de la universidad. Era un santuario pequeño y vetusto, pero me habían dicho que lo frecuentaban muchos gatos abandonados.

Adoraba los gatos y la fotografía, así que no saldría de allí sin tomar unas cuantas fotos. También tenía la esperanza de que alguno me dejase acariciarlo.

Subí las escaleras de piedra, crucé la puerta de entrada al recinto y seguí avanzando hacia el edificio principal. Di un par de vueltas por ahí en busca de algún gato hasta que localicé a uno asomando la cabeza con parsimonia por debajo del alero del edificio.

—¡Qué monada!

Era negro y tenía unos ojos amarillos redondos e inmensos. Me saludó con un maullido tierno mientras se me acercaba. Por un momento me olvidé de la cámara y empecé a acariciarlo entusiasmada.

—¡Ay, no, que yo quería sacarte una foto!

Si fotografías a un gato negro sin más, es fácil que el rostro le quede demasiado oscuro e inexpresivo. El truco está en buscar la luz natural para iluminar la fotografía. En ese momento ya era tarde y me iba a costar bastante sacar una foto con luz, pero gracias al cielo anaranjado del atardecer confiaba en que podría captar una instantánea bastante especial.

—¡Mírame, gatito! ¡Aquí!

Chasqueé la lengua un par de veces para llamar su atención, pero el minino, que se había cansado de mis caricias, dio media vuelta y se dedicó a ignorarme. Luego se giró una última vez para mirarme de reojo y arrancó a correr hacia las profundidades del recinto.

—¡Eh, espera!

Corrí tras él, hasta que de repente me di cuenta de que me había adentrado en un espacio un poco extraño. El bosquecillo de altos árboles que rodeaba el templo había quedado como cortado.

—¿Qué es este lugar?

Me acerqué un poco más, atraída por la curiosidad, y entonces descubrí un camino recto que nacía en el recinto del templo y estaba flanqueado a derecha e izquierda por dos hileras de edificios antiguos.

—¿Eh...?

Tenía toda la pinta de ser un distrito comercial. Y yo que pensaba que en aquellos pocos meses desde que había empezado la universidad ya había descubierto todo lo que había que ver alrededor del campus... Al parecer, se me había pasado por alto ese rincón. Nunca había oído hablar de una calle de tiendas junto al templo.

—¿Se habrá metido por aquí?

No se veía un alma en el callejón; el silencio era absoluto. ¿Y si todas las tiendas habían cerrado por falta de clientes? Me daba igual. Yo ya me estaba imaginando al gato con las casetas antiguas de fondo y no pensaba dejar escapar esa foto.

—Iré a ver.

Si encontraba alguna tienda interesante, avisaría a Saya y a Reo para volver con ellas otro día.

Empecé a caminar por la calle sintiéndome una aventurera ante territorios ignotos, pero la emoción duró más bien poco. Resultó que la inmensa mayoría de las tiendas estaban cerradas a cal y canto, lo cual quebraba el ambiente retro del callejón y le otorgaba un aire más bien tétrico.

Sin embargo, eso no era lo único que ponía la piel de gallina, sino el hecho de no saber qué vendían en todas aquellas tiendas, pues los rótulos estaban escritos en un alfabeto extraño y desconocido. Tampoco había farolas, solo linternas de papel rojas y blancas, lo cual acrecentaba todavía más el ambiente lúgubre del lugar.

—Ah...

Me llamó la atención un viejo estudio de fotografía. Destacaba bastante porque era el único edificio occidental en aquella hilera de tiendas de estilo japonés. En el escaparate que daba a la calle había expuestas unas cuantas fotografías de color sepia. Supuse que se trataría de una muestra de instantáneas antiguas.

—A ver, a ver...

Me acerqué para verlas mejor y entonces me percaté de una cosa un tanto extraña: todas las personas que salían en las fotos iban disfrazadas. Algunas llevaban orejas de zorro o de gato, e incluso vi a alguien con un disfraz de *kappa*, un demonio con forma de tortuga gigante muy famoso en la mitología oriental. El resto de sus indumentarias eran kimonos o *hakama*. Me pareció raro porque era imposible que en aquella época ya celebrasen el Halloween en Japón y no adivinaba de qué celebración podía tratarse.

Quise salir de dudas preguntándoselo directamente al dependiente, pero la puerta no se movió ni un centímetro.

Me había adentrado en ese callejón buscando al gato y no lo veía por ninguna parte. Seguí andando sin ver ninguna otra tienda interesante hasta que llegué al final de la calle.

Quizá al fin tuve un poco de suerte. Acababa de topar con una tienda muy bonita en cuyo cartel ponía CONFITERÍA KOHAKU.

—Oh... Creo que esta tienda me va a gustar.

Era evidente que el dueño tenía muy buen gusto; solo había que fijarse en el diseño de la puerta, por ejemplo, una mezcla entre japonés y chino, y las linternas de papel colgantes de color melocotón. También me pareció interesante que hubiesen escrito que la tienda permanecería cerrada los días de luna nueva y luna llena. Me fascinaban los establecimientos con un concepto tan único y original.

A juzgar por la luz que se filtraba desde el interior, supuse que estaría abierta y empujé la puerta, muy intrigada.

—Bienvenida —dijo una voz refrescante desde la trastienda, de donde salió un joven tan guapo que quitaba el aliento.

Tenía un pelo rubio y sedoso, y sus ojos eran de color dorado. Vestía un *hakama* oscuro. A simple vista, cualquiera lo habría tildado de excéntrico, pero la verdad era que su vestimenta encajaba sorprendentemente bien con el ambiente del local. Era la primera vez que veía a alguien con ojos dorados, aunque deduje que serían lentes de contacto. El pelo, en cambio, se veía rubio desde la raíz y no daba la impresión de que fuese teñido.

—Ah, buenas tardes.

Me reconfortó que el dependiente fuese tan joven y los dulces alineados en las estanterías tan tradicionales, sencillos y retros. Así incluso yo podría comprar algo sin problemas. Ahora ya había entrado y era tarde para arrepentirme, por eso me alegré de no haberme encontrado con un escaparate de dulces de alta pastelería totalmente inasequibles para el bolsillo de una estudiante como yo.

—Me llamo Kogetsu y soy el dueño de este establecimiento. Puedes mirar cuanto quieras —dijo el chico, por alguna razón algo reticente a acercarse. Luego me dedicó una profunda reverencia.

—Ah... Gracias.

Ese dependiente tan guapo me tenía bastante intrigada, pero de momento me centré en los dulces alineados delante de mí. *Daifuku, yōkan, manjū...* Todos tenían muy buena pinta. ¿Por qué al ver un dulce siempre te entran ganas de comértelo, como si lo hubieses estado buscando? No había entrado en esa tienda con antojo de dulce, pero de pronto todo mi cuerpo me pedía azúcar.

Me llamaron la atención los nombres un tanto peculiares que les habían puesto a todos. «Caramelos de la avaricia», «azúcar de la invisibilidad»... Nunca había visto que en ninguna otra tienda los llamaran así. No acababa de entender su significado, pero en parte sentía que encajaban con ese concepto de fantasía de la tienda. Lo mismo podía decirse de los ideogramas con los que habían escrito CONFITERÍA KOHAKU.

Todos los nombres me resultaron fascinantes, y, mientras los examinaba con atención uno por uno, mi mano fue a coger casi de forma inconsciente uno en concreto. En la placa ponía: «Pastelitos de castaña a la vista».

—¿Por qué lo de «a la vista»? —susurré.

—Los pastelitos *monaka* suelen llevar la castaña escondida dentro, ¿no? Pero a veces es mejor no ocultar las cosas.

La voz lejana de Kogetsu me sobresaltó y me encogí de hombros con un brinco. Había formulado aquella pregunta para mí misma y me avergonzó que me hubiera oído. Por si fuera poco, Kogetsu se había alejado aún más de mí. Me pareció raro que atendiese a una clienta desde semejante distancia y, algo incómoda, pregunté, con miedo:

—Por... ¿Por qué te alejas tanto?

Se me ocurrió que quizá olía a sudado y me olfateé discretamente las axilas, pero no. Solo percibí el aroma a jabón del desodorante.

—La última vez que traté con un cliente de cerca creo que se asustó, por eso decidí que la próxima vez mantendría las distancias. ¿Te parece raro?

Kogetsu ladeó la cabeza. No parecía darse cuenta de lo extraño que resultaba su comportamiento.

—Sorprende un poco... tanta distancia. Y también que me observen de lejos y oigan lo que digo cuando hablo sola...

—Vaya... Eso del espacio personal entre los humanos es más complicado de lo que pensaba.

A algunas personas se les resisten los códigos de conducta más obvios. Quizá el chico era de esos. Sin embargo, a mí, que en ese momento andaba tan preocupada por la distancia que percibía entre mis amigas y yo, su sinceridad me dio algo de envidia.

También me pareció interesante que se llamasen «pastelitos de castaña a la vista», aun cuando la castaña seguía escondida dentro y no se veía.

—Me los llevo.

Cogí una caja de tres y se la acerqué al mostrador. Kogetsu tecleó algo en una caja registradora de las antiguas y, después de cobrarme, metió los pasteles en una bolsa de papel de color sepia y me los entregó.

—Muchas gracias. Consúmelos según las instrucciones y la dosis recomendada.

Al final no encontré al gato negro. Y también se me olvidó tomar una foto de la calle comercial. ¿Qué había ido a hacer a ese santuario? Lo único que había sacado de allí eran unos pastelitos de castaña que, eso sí, tenían una pinta espectacular.

Me comí uno para desayunar y descubrí que estaban aún más ricos de lo que había imaginado. El barquillo era crujiente, y la castaña, muy grande. También me gustó que la pasta que completaba el relleno no fuese de judías blancas ni de castaña, sino de la clásica de judías rojas.

Salí de mi apartamento, en el que vivía yo sola, y me dirigí a la universidad. Me topé con Saya en la puerta del edificio.

—¡Hola, Yui, buenos días!

—Buenos días, Saya.

Empezamos a caminar hacia el auditorio.

—Jolín, qué calor hace hoy, ¿verdad? —se quejó mientras se secaba el sudor de la frente.

Estaba más guapa de lo habitual. Su piel se veía resplandeciente y la sombra de ojos y el pintalabios tenían un tono más adulto. También era la primera vez que la veía sin mangas, con los hombros al descubierto. Siempre decía que no podía ir así porque tenía frío con el aire acondicionado.

Esa mañana vestía un top diminuto combinado con una falda larga y asimétrica que aportaba al conjunto un equilibrio espléndido. Yo no sabía combinar la ropa así, era sencillamente incapaz.

Tanta motivación solo podía significar una cosa: había quedado con su novio. Y, tal cual lo pensé, lo solté:

—Hoy estás guapísima, Saya. Tanto el maquillaje como la ropa, pareces más adulta. ¿Tienes una cita?

Al oírme, puso unos ojos como platos.

—Vaya, qué raro que me digas eso, Yui. Pero si tú nunca te das cuenta de cuándo me maquillo diferente.

—Ah, ya...

No es que no me fijase. Claro que lo hacía, pero nunca me había atrevido a decirle nada. Dudaba que alguien como yo fuese la más adecuada para comentar la ropa y el maquillaje de una chica tan sofisticada como Saya.

—Pero ¿y el aire acondicionado? ¿No tendrás frío durante la clase con tirantes? —pregunté entonces, y otra vez fue como si mis pensamientos se me hubiesen escapado de la boca. Y eso que por lo general siempre necesitaba un momento para verbalizar lo que pensaba.

—No pasa nada, me he traído una rebeca fina por si acaso —respondió ella, sacándola del bolso para mostrármela. Era de color blanco roto.

—Oh, qué bien.

Suspiré aliviada y Saya me abrazó.

—¡Gracias por preocuparte por mí! Hoy he intentado parecer más adulta, pero tenía miedo de haberme pasado. Me has animado mucho con lo que has dicho, me quedo más tranquila.

—¿Eh? ¿Te tranquiliza lo que te diga? —Esta vez fui yo quien puso los ojos como platos. A fin de cuentas, Saya siempre me repetía que iba demasiado sencilla y que tenía que intentar ser algo más elegante.

—¡Pues claro! Las amigas siempre son más exigentes que un novio. Los chicos no se fijan en estos detalles. Ellos no ven la diferencia entre demasiado maquillaje o ninguno, por ejemplo.

Me pareció adorable verla refunfuñar de aquella manera, con lo guapa que se había puesto para su cita. Ella quería estar perfecta aun sabiendo que su novio no se fijaría en todos aquellos detalles. Yo no salía con nadie, pero de algún modo lo entendía.

—Dime, ¿qué te parecen la sombra de ojos y el pintalabios nuevos? ¿Crees que son demasiado llamativos? Es que tengo la sensación de que me he pasado un poco.

—El tono se ve más oscuro del que sueles llevar, pero creo que te favorece. A mí me encanta.

—¡Menos mal! Ahora ya me da igual si mi novio me dice que el color es chillón, ¡yo le diré que a mi amiga le ha gustado mucho!

Saya estaba muy emocionada, no paraba de abrazarme muy efusivamente. Yo me sentía como si me hubiese quitado un peso de encima. Era como si una agradable brisa se hubiese colado en mi interior para oxigenar todo mi cuerpo.

Me alegraba de haber sido sincera con ella, de haber dejado atrás el reparo y esa idea absurda de que alguien como yo no era quién para halagar a nadie. A fin de cuentas, ¿acaso podía alguien enfadarse por recibir un cumplido?

La reacción de Saya me había sorprendido tanto que decidí que, a partir de ese día, siempre diría todo lo que pensaba.

Reo se nos unió en la primera clase. Cuando terminaron las materias de la mañana, fuimos a almorzar. A menudo nos limitábamos a comprar algo en el supermercado del campus, pero ese día nos apetecía comer en la cantina.

—Hum... No sé si pedirme los fideos fríos o calientes...

Estábamos en la cola de los vales de comida. A Reo, que por lo general era rápida tomando ese tipo de decisiones, por algún motivo le estaba costando elegir el menú.

—Reo, hoy no estás muy bien del estómago, ¿no? Creo que los fideos calientes te sentarán mejor —la aconsejé. Se me había escapado al mismo tiempo que lo pensaba. Sin embargo, al ver la cara de estupefacción que puso mi amiga, enseguida intenté disculparme—: Perdón, no quería decir... Yo...

—Vaya, es solo que me duele la regla. ¿Lo has notado? Caray —dijo ella, muy sorprendida.

—Sí, bueno... Es que antes en clase he visto que te tomabas a escondidas un analgésico y estás un poco pálida... —farfullé, intentando justificarme.

Pero entonces Saya me agarró de los hombros y sacó la cabeza por detrás de mi espalda.

—Tú nunca te das cuenta de estas cosas, Yui. ¿Qué te pasa hoy?

—No lo sé...

Y era cierto: yo tampoco me lo explicaba. ¿Qué mosca me había picado? Era como si mi boca actuase por libre, como un organismo independiente de mi cuerpo.

Fruncí el ceño, confusa, pero Reo me dirigió una sonrisa tan dulce que hizo que me diese un vuelco el corazón. No era muy habitual ver a la siempre fría e indiferente Reo con esa expresión tan cariñosa.

—Tienes razón, Yui, mejor los fideos calientes. Gracias por preocuparte por mí.

—De nada... —contesté yo, sin saber qué decir. Fue entonces cuando recordé el pastelito de castaña que me había comido para desayunar junto con las palabras de Kogetsu: «Los pastelitos *monaka* suelen llevar la castaña escondida dentro, ¿no? Pero a veces es mejor no ocultar las cosas».

¿Y si al comer uno de esos «pastelitos de castaña a la vista» decías todo lo que pensabas sin poder ocultarlo? Era innegable que estaba bastante rara esa mañana, y todo indicaba que era por el dulce que me había comido.

Después de que nos sirviesen la comida, las tres buscamos una mesa para sentarnos juntas. Me pareció que ese día Saya sonreía más de lo habitual y a Reo también se la veía hablar más alegre. ¿Era porque yo había cambiado?

Considerando que fuese cierto que el pastel de castaña me hubiese obligado a verbalizar mis pensamientos, no había sucedido nada malo; más bien lo contrario: sentía que estábamos mejor que nunca. Me alegraba de haber dicho sin reparos todo lo que me había callado hasta el momento por miedo a meter la pata.

En ese caso, fuese cual fuese la causa, no es que hubiese nada que arreglar, ¿no? Por algún motivo, tenía la sensación de que ese estado no duraría mucho; algo me decía que cuando me acostase esa noche volvería a ser la de siempre.

Si solo iba a ser una persona diferente durante un día, decidí que al menos lo disfrutaría al máximo. De repente me entró un hambre feroz y empecé a dar buena cuenta del menú que me había pedido.

Esa tarde, al terminar las clases, fuimos las tres juntas a la cafetería del campus. Saya había pasado todo el día muy ilusionada con su cita, pero su novio la había cancelado en el último momento.

—Y yo que me había arreglado tanto para hoy, currándome el maquillaje... —Llevaba un buen rato renegando, muy enfadada.

—Venga, no te pongas así. Quedáis cada semana —dijo Reo, mientras sorbía su té helado como si nada.

Pero Saya no estaba dispuesta a dejarlo pasar así como así.

—¡Es que no es justo! Llevaba toda la mañana esperándolo con tantas ganas... Además, el otro día también...

Y de nuevo empezó con las mismas quejas que había repetido ya mil veces. En circunstancias normales, Reo y yo nos habríamos limitado a escucharla en silencio, pero...

—Saya, cuando el otro día tu novio te canceló la cita en el último momento, luego te sorprendió con un regalo, ¿verdad? Estoy segura de que esta vez también te compensará de alguna forma —dije, interrumpiendo sus quejas a la vez que la consolaba.

Nos quedamos las dos mirándonos unos instantes.

—Es verdad, tienes razón.

Mi aportación pareció convencerla, lo cual fue un alivio, pero entonces empezó a alardear de novio otra vez. Aunque era mejor eso que aguantar su retahíla de quejas, como también habíamos tenido que escuchar esas historias ya varias veces, no sabíamos qué decir.

—A ver si vosotras también os echáis novio.

Era su frase estrella. Oí a Reo suspirar a mi lado. Ahora que lo pensaba, ¿acaso Reo no ponía siempre cara de hastío cuando Saya presumía de su novio? Quizá aquella no era la primera vez que Reo suspiraba de aburrimiento. ¿Qué pensaría de Saya en momentos así?

—¿Eh? —Reo alzó el rostro y me miró con los ojos abiertos de par en par.

—¿Qué has querido decir con eso? —inquirió Saya, con voz grave, mirándonos a las dos.

Había vuelto a soltar lo que pensaba sin darme cuenta. Y precisamente con un tema tan delicado.

—Eh... Ah... No, no quería decir eso... —farfullé, pero fue en vano.

Saya se inclinó hacia Reo.

—¿Es verdad? ¿Tanto te molesta escucharme, Reo?

Yo miraba a las dos con un nudo en la garganta. Entonces Reo asintió sin inmutarse.

—Pues sí, la verdad.

—¿Qué.? —Saya se quedó sin habla por un momento, quizá por el tono indolente con el que le había contestado nuestra amiga. Pero entonces la rabia empezó a teñirle el rostro.

¿Cómo arreglaba aquello? Mis amigas estaban a punto de pelearse por mi culpa.

—¡Esperad! ¡Calmémonos las tres un momento!

Las dos se me quedaron mirando con frialdad ante mi intento de mediación.

—Y lo dice la que lo ha empezado.

Saya se cruzó de brazos y arqueó una ceja. Reo, a su vez, permanecía con una expresión fría e insondable. Estaban muy enfadadas, lo cual era más que comprensible.

—Lo... Lo siento mucho... ¡Ah, he traído unos pastelitos de castaña muy ricos! ¿Os apetecen?

Saqué la caja de pastelitos que había metido en el bolso esa mañana y la dejé encima de la mesa. Los había cogido por si me entraba el hambre durante el día y me alegré de que al menos sirvieran para cambiar de tema.

—Pero si solo hay dos...

—Yo... Yo me he comido uno para desayunar, así que podéis comeros los dos que quedan.

Empujé la caja hacia Saya improvisando una sonrisa para rebajar un poco la tensión.

—Bueno... Justo estaba pensando que me apetecía algo dulce, así que... Cogeré uno.

—Yo también.

Cada una cogió el suyo y le dieron el primer mordisco.

—¡Oh, ¡qué bueno!

—Y la pasta de judías tiene el dulzor perfecto.

Suspiré de alivio.

—Oye, has dicho que eran pastelitos de castaña, ¿no? Pero ¿dónde está la castaña? —dijo de repente Saya, ladeando la cabeza.

—El mío tampoco tiene.

—¿Eh? Qué raro... El que yo me he comido esta mañana sí llevaba una.

Saya y Reo me mostraron sus respectivos pastelitos a medio comer. Estaban en lo cierto: no había ni rastro de castaña. Y eso que en el mío había encontrado una tan grande que me había impresionado y todo.

—¿No te habrás equivocado y has comprado pastelitos normales?

—Viniendo de ti, no me sorprendería...

—¿Eh...?

De haberlos comprado por separado, sí que lo habría atribuido a un error por mi parte, pero los tres pastelitos iban juntos en la misma caja. La única explicación era que Kogetsu se hubiese equivocado al empaquetarlos.

—Por cierto, sobre lo de antes... —dijo entonces Reo, tras terminarse su pastel y sorber un poco de su té helado—. Ahora mismo yo no necesito ningún novio. Me gustan las clases de la universidad y prefiero disfrutar del trabajo a tiempo parcial y pasarlo bien con mis amigas. Por eso me cansa un poco que siempre nos estés hablando de tu novio, Saya. Y me fastidia que nos insistas para que nosotras también nos busquemos uno —explicó, casi de carrerilla. Entonces agachó la mirada con un gesto lánguido—. Aunque no pensaba decírtelo tal cual...

—¡Jolín, pues te has quedado a gusto!

Saya se inclinó encima de la mesa. Estaba furiosa. Yo la sujeté del brazo.

—Cálmate, Saya, ¡por favor!

¿Y si los pastelitos de castaña estaban afectando a Reo también? Ese misterioso efecto según el cual eras incapaz de esconder lo que pensabas de verdad. En ese caso, Saya no tardaría en...

—Yo... ¡Yo no hablo de mi novio todo el rato por placer!

—¿Qué?

En un primer momento, tuve miedo de que, si los pastelitos también surtían su efecto en Saya, la discusión escalase todavía más, pero de pronto la conversación dio un giro inesperado:

—A diferencia de Yui, yo no tengo aficiones ni otras cosas que me gusten, y tampoco estoy tan segura de mí misma como tú, Reo. Si no tuviese novio, no sería más que una chica simplona y aburrida. Por eso presumo tanto de mi novio, porque así siento que por fin estoy por encima de vosotras y eso me hace sentir bien. Ya sé que mi novio no es de mi propiedad, pero no puedo evitar sentir que gracias a él yo valgo un poco más...

Era la primera vez que Reo y yo oíamos a Saya decir algo así y nos miramos la una a la otra con evidente desconcierto.

La Saya que conocíamos, siempre tan alegre y decidida... ¿ahora resultaba que no confiaba en sí misma? ¿De verdad?

—Pero con lo elegante y guapa que eres, Saya...

—Lo único que hago es copiar los conjuntos de las revistas de moda. En cuanto al maquillaje, hoy en día basta con buscar algún vídeo, ahí te lo cuentan todo. Mi apariencia es una estafa, una simple copia de lo que veo en otras.

Saya ladeó la cabeza con expresión amargada. Jamás había imaginado que la oiría decir algo así.

—Pero eso no tiene nada de malo, te esfuerzas por aprender porque te gusta. Es como mi afición por la fotografía —dije yo.

Reo asintió.

—Estoy de acuerdo. Eres demasiado exigente contigo misma. Si no te interesasen la moda o el maquillaje, no investigarías tanto. Yo, por ejemplo, soy incapaz.

—Ya, y yo. Te maquillas superbién cada día y te peinas... A mí me da demasiada pereza. Te admiro, Saya.

—De... ¿De verdad? —Aquella inseguridad en su voz la hacía parecer muy frágil.

Saya nos había revelado su verdad más oculta, por eso yo también quería hablarle desde el corazón. Fue pensarlo y decir:

—Yo no conozco a tu novio, a mí me gustas tú, Saya. Por eso siempre te pregunto cosas sobre ti. Nunca he pensado que fueses una simplona o una aburrida.

—Yui...

Saya tenía lágrimas en los ojos y Reo le dedicó una sonrisa amable.

—Yo opino prácticamente igual. Si me contases cualquier cosa de ti misma, aunque fuese sobre un tema que no me interesase en absoluto, te aseguro que no pondría cara de hastío.

Las palabras de Reo me hicieron tan feliz que yo también empecé a notar un calor en los párpados.

—Cuánto me alegro de oírte decir esto, Reo. Admiro mucho tu forma de ser tan sosegada e imperturbable, pero a veces tengo miedo de que estés con nosotras sin quererlo de verdad, y eso me angustia mucho —me sinceré.

Reo negó con la cabeza.

—¿Yo? ¿Imperturbable? Qué va. Lo que pasa es que soy bastante negada con las palabras, me cuesta expresarme, y por eso siempre prefiero callar y escuchar. Mis padres siempre me están dando la lata, dicen que nunca saben lo que pienso y que debería ser más comunicativa.

—Ostras, ¿en serio?

De repente descubría que el pasado de Reo no era tan diferente al mío. Mis padres me habían reñido más de una vez porque no confiaba en mí misma y me ponía nerviosa enseguida, por eso podía entender cómo se sentía.

Jamás habría imaginado que Reo hubiese vivido algo parecido. Cuando se lo dije, Saya estuvo de acuerdo conmigo enseguida:

—Ya. Tú eres como eres, Reo. Desde que nos conocimos. No hay nada malo en ti.

—Gracias... —Como siempre, Reo mantenía su cara de póquer habitual, pero un ligero rubor afloró a sus mejillas—. Pero, Yui, sobre lo que has dicho antes... No tienes que preocuparte por eso. Vosotras me aceptasteis tal y como soy y para mí siempre seréis muy importantes.

—¿Eh...?

Aquella inesperada confesión me cogió tan desprevenida que me quedé en blanco y no supe qué contestar. Saya, por su parte, exclamó:

—¡Yo también os considero muy buenas amigas y me importáis muchísimo, tanto como mi novio! Lo que pasa es que no puedo hacer como hago con él y preguntaros si me queréis...

Ambas a la vez acababan de responder a mi mayor temor.

Saya prosiguió con el mismo tono vehemente:

—Como a las amigas normalmente no se les pregunta qué piensan de ti o si les gustas... La verdad es que yo también me sentía insegura. Desde pequeña he tenido bastantes problemas con otras amigas, que me han acusado de ser muy cabezota y a veces hiriente con las palabras...

Reo le dio unas palmaditas en la espalda.

—Si no fueses cabezota, no serías tú, Saya.

—A mí me encanta que nunca te vayas por las ramas y digas las cosas sin rodeos.

Tras los elogios a Saya, la conversación se centró en mí:

—Perdónanos por reírnos siempre de ti por estar en la parra o por ser tan espontánea, Yui. La verdad es que tu ternura es un bálsamo para mí.

—Ya, es como si gracias a Yui las tres funcionásemos mejor. Eres como nuestro plástico de burbujas que nos protege.

Aquel, sin duda, era un elogio inusual. Antes de alegrarme, lo pensé unos instantes.

—Entonces, ¿creéis... que yo también aporto mi granito de arena?

—¡Pues claro! Si no, no nos llevaríamos tan bien, ¿no crees? —me riñó Saya, haciendo pucheros.

Lo que era tan evidente para una no lo había sido en absoluto para las otras.

—Resumiendo, que todas nos sentimos igual, ¿no?

A pesar de nuestros complejos e inseguridades, las tres nos queríamos un montón. Sentí que el pecho se me inundaba de afecto.

—No nos parecemos en nada, pero nos atormentan las mismas angustias. Tiene su gracia.

—Ya lo dicen, Dios los cría y ellos se juntan.

Quizá Reo acababa de dar en el clavo. Quizá si nos habíamos hecho tan amigas había sido precisamente por todo lo que teníamos en común y todo lo que nos diferenciaba.

—¡Ah, qué bien me ha sentado esta charla tan sincera! —exclamó Saya, arqueando la espalda para estirarse. Todas mis dudas también se habían disipado casi sin darme cuenta.

—Ojalá lo hubiéramos hecho antes. No tendríamos que habernos ocultado estas cosas.

—Ya, no entiendo qué mosca nos ha picado hoy. Estábamos las tres muy alteradas y hemos empezado a hablar... ¿Por qué creéis que ha sido?

Suspiré y, a mi lado, Reo ladeó la cabeza. Entonces me quedé mirando la caja vacía de los pastelitos de castaña.

—Puede que haya sido gracias a estos pastelitos —murmuré, pero las carcajadas de una mesa cercana a la nuestra ahogaron mi voz.

—¿Has dicho algo, Yui?

—No, nada.

Daba igual si el milagro que había sucedido esa tarde guardaba alguna relación con los pastelitos o no. Acababa de decidir que jamás olvidaría ese día.

Así, aunque a la mañana siguiente volviese a ser yo misma, desde entonces me prometí esforzarme para verbalizar mis sentimientos.

En el exterior de aquella cafetería con paredes de cristal, en lo alto de los árboles alineados, una silueta humana observaba a las muchachas.

Varios estudiantes andaban por los caminos que unían los diversos edificios del campus, pero ninguno posó la mirada en Kogetsu, vestido con su habitual *hakama*.

A la luz anaranjada del ocaso, Kogetsu curvó los labios dibujando una sonrisa divertida.

—En realidad, el único pastelito con poderes mágicos era el primero. Se me olvidó completamente embrujar los otros y añadirles la castaña... —dijo Kogetsu. Y luego añadió con un susurro—: Que conste que no fue a propósito.

Kogetsu atrajo hacia sí el último pedacito de pastel que quedaba en la caja.

—La chica cree que todo ha sido gracias al poder de

los dulces, pero lo que sucede en realidad es que, cuando uno es sincero, los demás también lo son con él. En cualquier caso, he conseguido otra muestra.

El pedacito de pastel envuelto en ámbar reflejaba los rayos del sol en las manos de Kogetsu. Un estudiante se dio cuenta del brillo de la luz y alzó la mirada hacia los árboles, pero Kogetsu ya había desaparecido.

CAPÍTULO 4

LOS TOFES ENDOSA CONTRATIEMPOS

Al sujetar el instrumento de metal, todo mi cuerpo se pone en tensión. Mis labios buscan la boquilla y, al soplar, un silbido lineal y constante me recuerda que el instrumento y yo formamos parte de un mismo ser.

No sabría decir por qué, pero siempre he sentido que la trompeta es otoñal, como si algo en el aire o el ambiente así lo dictaminase.

En eso pensaba cuando oí la voz de Ayaka, la líder de nuestra banda, que nos llamaba:

—¿Estáis preparados? Venga, que empezamos el ensayo.

Estábamos en el aula de música. Después de un rato practicando solos, había llegado el momento de reunirse alrededor de la líder, cada uno trompeta en ristre.

—Bien, empezamos con un tono sostenido.

Soplamos todos a la vez, siguiendo el ritmo que nos marcaba el metrónomo. Al principio, cuando Ayaka asumió el rol de líder, se la veía muy nerviosa e insegura, pero ahora, después de un tiempo, había que reconocer que lo hacía de maravilla.

—Luego ensayaréis por separado la pieza del festival, ¿de acuerdo? Ya que hoy también tenemos ensayo con el resto de la banda, quiero que cada uno se encargue de pulir las partes que más le cuesten.

—¡Sí! —respondimos todos al unísono.

Al regresar al rincón del aula donde había dejado mi atril, se me acercó una compañera de un curso inferior.

—Saitô, ¿puedo hablar contigo un momento?

—Claro, ¿qué ocurre?

—Es que hay una parte que se me resiste... Es aquí.

—Me señaló la partitura mientras sostenía el instrumento con la otra mano.

—Ah, ya...

Toqué la parte que me indicaba con mi trompeta para hacerle una demostración y ella me miró admirada.

—¡Me encanta cómo alargas las notas!

Sonreí; recibir cumplidos siempre es agradable.

—Gracias, pero creo que sería mejor que consultases tus dudas con Ayaka.

En realidad, no lo creía, solo se lo dije porque quería oír su respuesta:

—A ti te tengo más confianza, llevamos practicando juntas desde el club de instrumentos de viento de primaria. Además, si te digo la verdad, para mí tú tocas mejor que Takahashi... Ah, pero no se lo digas a nadie, por favor.

—Claro, no te preocupes —asentí, incapaz de reprimir una sonrisa. Me di cuenta de que soy una criatura de lo más simple: bastaba con el cumplido de una compañera para sentirme orgullosa como un pavo.

No destacaba ni en los estudios ni en el deporte, y mi única afición era la lectura, pero al menos aspiraba a ser la mejor con la trompeta. Llevaba tocándola desde primaria, cuando me apunté al club de instrumentos de viento, y luego seguí en la banda de la escuela secundaria. Como había poca gente con tanta experiencia como yo, mis compañeros se fijaron en mí desde el primer día, incluso los mayores.

Sin embargo, en el segundo trimestre del segundo año, cuando los de tercero dejaron la banda y tuvimos que nombrar a una nueva líder, la elegida no fui yo, sino Ayaka Takahashi, de mi edad. Ella había empezado a tocar en segundo, pero había progresado de forma espectacular y ahora estábamos a la par.

Me convencí de que la habían escogido a ella porque era una chica muy responsable y, además, sacaba buenas notas. Estaba bastante segura de que yo seguía siendo mejor trompetista, pero no por eso me escoció menos.

Cada otoño se celebraba en nuestra ciudad un festival musical. En el tema que íbamos a interpretar, había un solo de trompeta. Como candidatas estaban sobre la mesa mi nombre y el de Ayaka, y estaba previsto que nos enfrentásemos a una audición para elegir a la mejor.

El método era bastante cruel: tendríamos que interpretar la parte en cuestión delante de la banda y el profesor, y ganaría la más votada. Si fracasaba, el golpe sería tan duro que dudaba que llegara a recuperarme jamás. Tampoco ayudaba mi naturaleza pesimista, recordándome a todas horas que era más que posible que perdiera contra Ayaka.

Al terminar los ensayos fui a un templo que había cerca de la escuela para rezar. No estaba exactamente de camino a casa y tenía que dar un poco de vuelta, pero, aun así, llevaba un tiempo visitándolo a diario. Era un santuario muy pequeño y anticuado, pero mi familia me había llevado allí a los pocos días de nacer y, de algún modo, sentía que podía confiar en la deidad que lo habitaba.

—¡Por favor, que la prueba me salga bien, que no meta la pata como hago siempre!

Recé para que el dios se llevase mi mala suerte; si no toda, al menos buena parte. Y es que sí, yo era una gafe de manual. Tenía una predisposición especial para los pequeños percances y los errores más absurdos. En cualquier momento podía acabar metiendo la pata, ya fuese tropezando en medio de una carrera en las jornadas deportivas o equivocándome de nota en un concierto. Y eso no era todo: mi día a día también estaba sembrado de pequeños infortunios, como pisar cacas de perro o estrellarme con la bici contra postes de electricidad. A veces tenía la sensación de que era víctima de las travesuras de un espíritu maligno que se había encaprichado de mí.

Si todo iba como de costumbre, estaba convencida de que el día de la prueba cometería algún fallo, y quería evitarlo a toda costa. No podía fracasar de ninguna de las maneras. Ayaka era muy buena estudiante, y los profesores la tenían en gran estima. Ella poseía un montón de cualidades de las que yo carecía. Era la estudiante ejemplar por definición, hasta la habían elegido líder de la banda.

La trompeta era lo único que me quedaba. No quería ver cómo alguien que lo tenía todo me quitaba mi único motivo de orgullo. A decir verdad, y por descarado que fuese, me hubiese gustado decirle: «Tú ya lo tienes todo. Déjame algo a mí, ¿no? Retírate». Pero sabía que Ayaka era demasiado cumplidora como para acceder a algo así. Ella se entregaría a la competición en cuerpo y alma.

Si al menos pudiese estar segura de que no fallaría en esa audición... Si hubiese alguna forma de hacer que alguien cargase con mi mala suerte, aunque solo fuese unos minutos... Por ejemplo, Ayaka...

—¡Basta, no pienses esas cosas!

Sacudí con fuerza la cabeza, todavía con las manos juntas en posición de rezo, y me di la vuelta para alejarme del santuario.

Pensar esa clase de vilezas antes de la prueba era como asumir que iba a perder.

El graznido de un cuervo proveniente del interior del recinto me sobresaltó y, en un acto reflejo, me di la vuelta. Conocía el lugar, pero sentía que algo era diferente.

—¿Eh?

Enseguida supe por qué. El templo estaba rodeado por un bosque de grandes árboles, como un muro que bloqueaba el paso a los intrusos. Sin embargo, ese día una parte del bosque estaba completamente despejada, como si alguien hubiese arrancado los árboles de raíz.

¿Cómo era eso posible? No recordaba haberlo visto así cuando había ido el día anterior. ¿Habría sido el sacerdote? ¿Él habría talado todos los árboles de un día para otro?

Me acerqué con recelo y un escenario todavía más inverosímil se mostraba ante mis ojos.

—¿Una calle... de tiendas? ¿Cómo...?

Un camino sin pavimentar se extendía hacia las profundidades del recinto, con tiendas alineadas a derecha e izquierda. Eso era, sin lugar a dudas, un distrito comercial.

Sin embargo, yo había visitado ese santuario infinidad de veces y nunca había visto nada de todo eso. Me pareció muy raro. Para colmo, las tiendas estaban cerradas a cal y canto, y las casetas en sí eran antiguas, como de otra época. O quizá no; tal vez ese era el aspecto de un distrito comercial a un paso de la quiebra.

Antes que perder el tiempo deambulando por un lugar como ese, más me valdría haber vuelto a casa cuanto antes y haberme puesto a ensayar. Eso era lo que me decía mi cabeza, pero mi cuerpo se negó a obedecer; fue como si una misteriosa fuerza me hubiese atrapado y me atrajese hacia el callejón.

Quizá es que a los adolescentes nos fascina el peligro.

No tuve que andar demasiado para darme cuenta de que la inmensa mayoría de las tiendas estaban cerradas. En algunas habían corrido las cortinas de modo que no se pudiese vislumbrar el interior y, en otras, lo único que se veía era una oscuridad absoluta. Típico. Ni en un lugar tan recóndito como aquel podía librarme de mi mala suerte.

Antes de echar a andar por el callejón había pensado que se trataría de un distrito comercial antiguo normal y corriente, pero tras un rato paseando entre las tiendas me había dado cuenta de que aquellos no eran solo establecimientos retro. En general, las casetas tenían un aire chino; no había farolas en la calle, pero sí farolillos de papel colgados, y también vi unos cuantos carteles y rótulos escritos en un alfabeto desconocido. Era todo muy místico, como si hubiesen mezclado los decorados de los largometrajes del periodo Shôwa con los de películas chinas clásicas para aderezarlo con un toque final de fantasía. Bañado por la luz anaranjada del crepúsculo, ese callejón parecía, sin duda, el escenario de una película.

—¡Oh, una tienda de instrumentos!

Aunque la mayoría de las tiendas no tenían nada en el escaparate, había dado con una que exhibía instrumentos musicales.

Corrí hacia allí emocionada, pero lo que a lo lejos me habían parecido violines, de pronto descubrí que eran algún tipo de instrumento de cuerda que no había visto nunca. Se parecían un poco a los de las ilustraciones de los Siete Dioses de la Fortuna, por lo que supuse que serían *biwa*, laúdes japoneses. También había flautas traveseras de madera negra, tambores y otros instrumentos, pero no había, o al menos yo no los vi, ninguno de los habituales en una banda.

Imaginé que dentro de la tienda tendrían boquillas para los instrumentos de viento o lengüetas para los de madera, pero, cuando empujé la puerta, esta se limitó a crujir sin moverse ni un centímetro. Al menos podrían haber colgado el letrero de CERRADO, digo yo.

Seguí andando sin encontrar ninguna otra tienda abierta o que me llamase la atención hasta que llegué al final de la calle.

Fue entonces cuando descubrí una caseta iluminada con linternas de papel de color melocotón y un rótulo en el que ponía CONFITERÍA KOHAKU. ¡Por fin había encontrado un negocio abierto! Pero la ilusión me duró poco: junto al nombre de la tienda había otro cartel donde ponía que cerraban los días de luna nueva y luna llena, lo cual no me dio muy buenas vibraciones, la verdad. También recelé de los ideogramas con los que habían escrito CONFITERÍA KOHAKU. A ver si en vez de vender dulces intentaban endosarme hierbajos chinos o vete tú a saber qué... Ya había tomado la decisión de dar media vuelta cuando, de repente, se me ocurrió una cosa.

En un comercio tan extraño... quizá hallase algún remedio para mi mala suerte congénita, ¿no? Una infusión que calmase los nervios o algo por el estilo.

Entraría a mirar. Un vistacito rápido. Si detectaba algún indicio de peligro, saldría de allí corriendo. Como trompetista, confiaba en mi capacidad pulmonar para echar una buena carrera.

Abrí la puerta de madera labrada muy despacito, procurando no hacer ruido, y asomé la cabeza para espiar el interior. Resultó ser una tienda de dulces normal y corriente.

Con cierto alivio, decidí entrar. Lo primero que vi

fueron dulces muy tradicionales como azúcar *wasanbon*, pastelitos *monaka* o las perlitas de colores *konpeitō*. Empecé a pasear alrededor de las estanterías para observarlo todo con atención cuando de repente apareció una persona detrás del mostrador.

—Vaya, lo siento. Estaba trabajando en la trastienda y no me había dado cuenta de que había entrado alguien.

—No pasa nada...

Se me aceleró el corazón. Era la primera vez que veía a un chico rubio tan guapo vestido con un *hakama*, y encima se me estaba acercando.

—Me llamo Kogetsu, soy el dueño de este establecimiento. Bienvenida a la CONFITERÍA KOHAKU. Mira todo cuanto quieras.

—Gra... Gracias...

Me saludó con unos modales impecables a la vez que entrecerraba sus ojos dorados. La mayoría de los tenderos no eran tan amables con las chicas de secundaria.

No me pareció la clase de individuo que vendería cosas raras, y que conste que no es que mi juicio se viera afectado por lo guapo que era. Seguí inspeccionando los dulces tranquilamente, o al menos lo intenté. Acababa de dar con otro detalle interesante:

«Caramelos de la avaricia», «azúcar de la invisibilidad», «pastelitos de castaña a la vista»... Todos los artículos tenían nombres un tanto peculiares.

Sin duda alguna, aquella era una tienda singular; cualquiera hubiese llegado a la misma conclusión viendo el cartel de sus días festivos o al dependiente vestido con *hakama.* Aun así, los dulces de las estanterías parecían tan deliciosos y apetecibles que me moría de ganas de probarlos, eso tengo que admitirlo.

—Oh...

Algo me había llamado la atención: una caja de tofes. El diseño retro del envoltorio, nada habitual, me resultó muy curioso, pero lo que me empujó a cogerlos fue el nombre de la tarjetita que tenían delante: «Tofes endosa contratiempos». Era como si alguien me hubiese leído la mente y hubiese descubierto mi anhelo por endilgarle mi mala suerte a otra persona.

—Todos cargamos con cosas que nos gustaría endosar a otros, ¿eh? —dijo de repente Kogetsu a mi espalda, y yo di un brinco del susto—. Hay algo en tu forma de ser que te atormenta y quieres desprenderte de ello, ¿verdad? Estos caramelos podrían ayudarte.

—Có... ¿Cómo lo has sabido?

Hablaba como si conociese mi naturaleza gafe, mi angustia y todas las posibilidades que mi mente había estado barajando en los últimos días.

—Pura intuición.

—In... ¿Intuición?

Bueno, a fin de cuentas, tampoco era tan sorprendente. Si me había llamado la atención una caja de caramelos con ese nombre, era fácil deducir que estaba deseando librarme de algo desagradable y necesitaba un chivo expiatorio.

En el fondo no creía que esos tofes tuviesen realmente el efecto que anunciaban, pero como eran baratos, decidí comprar una caja. Los caramelos me gustaban, y el paquete retro en el que iban también me parecía muy bonito.

Kogetsu me cobró en una caja registradora de las antiguas y acto seguido metió el paquete dentro de una bolsa de papel de color sepia.

—Vaya, gracias por la bolsa...

Tras entregarme los caramelos, inclinó la cabeza a la vez que las comisuras de sus labios se elevaban dibujando una sonrisa.

—Gracias a ti por la compra. Pero no te dejes seducir por el encanto de estos tofes, puede que su dulzor se resista a abandonar tu paladar.

—Madre mía...

Cuando probé uno después de cenar, su dulzor me dejó toda la boca hasta la garganta como anestesiada.

Hacía mucho tiempo que no comía caramelos, pero no recordaba que fuesen tan extremadamente dulces. Era como si ese tofe me hubiese envuelto la lengua con una membrana de caramelo.

Por un momento pensé que me atragantaría y tuve que ir a la cocina y beber un sorbo de agua para que se me pasase la sensación.

—Jolín... Pero puede que no esté tan mal.

En realidad, ese dulzor tan intenso me había espabilado de golpe; quizá sería buena idea comerme uno cuando tuviera exámenes.

A la mañana siguiente, me comí otro antes de salir de casa. Y entonces ocurrió algo extraño.

Iba de camino a clase. Por la misma calle andaban grupitos de estudiantes con el uniforme de la escuela. De repente oí un grito detrás de mí. Me di la vuelta desconcertada y vi a una chica alzando un pie con una mueca de repugnancia en la cara.

—¡Qué asco! ¡He pisado una caca de perro! ¡Y encima acababa de lavar las zapatillas!

—Vaya, qué mala suerte...

La chica empezó a restregar la suela del zapato contra el asfalto mientras su amiga la miraba con pena.

Esa era la clase de contratiempos... que me sucedía a mí. Pero, al parecer, ese día había sorteado de milagro las cacas de perro.

Lo atribuí a un golpe de suerte; de vez en cuando, a mí también podían sucederme cosas buenas. Fue más tarde, durante la cuarta clase del día, cuando empecé a sospechar. Era justo antes del almuerzo y estaba tan hambrienta que no conseguía concentrarme en la lección.

—A ver, el siguiente problema lo resolverá... —La profesora acababa de escribir un ejercicio de matemáticas en la pizarra cuando sus ojos se cruzaron con los míos. Me tensé, convencida de que me iba a llamar— ... Saitô. No, mejor tú, Watanabe.

La profesora desvió la mirada en el último momento y señaló a un compañero.

—¿Eh? —se lamentó Watanabe, que había dado por sentado que me nombraría a mí y ya se había relajado.

—Qué suerte has tenido, ¿eh, Risa? —me susurró una amiga en el oído, dándome unos golpecitos en la espalda desde el pupitre de atrás.

—Ya...

Era normal que pensase eso. En circunstancias normales, seguro que me habría tocado a mí. No se me daban bien las mates, y de ningún modo hubiese sido capaz de resolver ese problema, así que me acababa de salvar de pasar un mal rato. Pero ¿por qué la profesora había cambiado de opinión en el último momento? Incluso había dicho ya mi nombre.

De repente me acordé de los tofes endosa contratiempos. ¿Y si habían sido los caramelos los que me habían librado de pisar la caca de perro por la mañana y ahora de resolver el problema de matemáticas? ¿Y si otros habían sufrido los percances que en un primer momento el destino me tenía preparados a mí? ¿De verdad podían esos tofes endosar a otra persona mi mala suerte?

Tragué saliva al recordar el dulzor del caramelo que me había comido esa mañana.

Si eso fuera cierto, yo dejaría de ser gafe y podría dar por conseguido mi papel de solista en el recital. La única pega era que, al parecer, alguien tendría que recibir la mala fortuna en mi lugar...

Para que quede claro, en ningún momento quise encasquetar mis problemas a otros para el resto de sus vidas.

Solo quería librarme de ellos una vez y hacer la prueba. Quería estar al máximo nivel, aunque solo fuera en ese momento. ¿Acaso era algo tan malo? Con todo lo que había soportado hasta la fecha, estaba segura de que quien fuese que estuviese allí arriba me perdonaría.

Y así, buscando una excusa que justificase lo injustificable, decidí ignorar la culpa que me escocía en el pecho y seguir adelante.

Durante los días previos a la prueba seguí comiendo los tofes para evitar cualquier lesión que pudiese fastidiarme el evento.

Por raro que parezca, tenía la sensación de que cada caramelo que me comía era más dulce que el anterior. Sin embargo, gracias a ellos seguía evadiendo los incidentes que por lo general me ocurrían a mí, como, por ejemplo, que los profesores me riñesen por haberme olvidado los libros de texto, o que mi grupo fuese el único que hiciese mal las recetas en clase de cocina por culpa mía. Todas las meteduras de pata que en circunstancias normales me habrían correspondido a mí recaían en algún otro compañero.

Hasta mis padres me felicitaron: «Siempre estás en las nubes, Risa, pero últimamente pareces más atenta a todo», me dijeron. Mis amigas también estaban asombradas: «¡Llevas una temporada a tope, Risa! ¿A qué se debe este cambio?».

Ahora que podía contemplar mis meteduras de pata en tercera persona, me daba cuenta de lo crudo de mi realidad y un enorme pesar me atenazaba el pecho. Cada vez era más reticente a volver a mi antigua vida después de la audición. ¿Sería capaz de desprenderme de esos tofes?

Y llegó el día de la prueba.

Los sábados no había clase, pero la escuela estaba abierta para las extraescolares y los del club de música empezábamos temprano por la mañana. La audición sería esa misma tarde, al final de la jornada.

En la sala de música, preparamos como siempre las sillas para toda la banda, pero esta vez las colocamos de modo que se sentasen de espaldas a nosotras. Tendrían que escucharnos y juzgarnos sin saber quién estaba tocando.

Lo sorteamos y me tocó la segunda. Salí del aula e intenté no escuchar la interpretación de Ayaka, pero ni siquiera las paredes insonorizadas de la clase impidieron que me llegasen retazos de su melodía.

Ayaka tocó con un tono muy bonito, pero cometió algunos errores. Eso me dio esperanzas. Podría ganar siempre y cuando no me equivocase yo también. Quizá mi tono no sería tan hermoso como el suyo, pero el profesor de música me había dicho una vez que mis notas eran más certeras y llegaban al público con mayor contundencia. Solo tenía que sacar a relucir mis puntos fuertes y la victoria sería mía.

Fue un poco raro tocar con el público de espaldas, pero no cometí ningún error y me salió mejor incluso que en los ensayos. Por lo general, siempre desafinaba un poco en las notas más altas, pero en esa ocasión las clavé todas a la primera e incluso llegué a disfrutar de la actuación durante la segunda mitad.

Hay que ver lo buena que era cuando daba mi máximo. Hasta el momento nunca había tocado así, por eso tanto mis compañeros como mis profesores me habían comparado con Ayaka, pero la verdad era que ella estaba a años luz de una interpretación como la mía.

Más de dos terceras partes de la clase votó a mi favor. Mi victoria había sido holgada; acababa de conseguir el papel de solista que tanto había anhelado.

Miré de soslayo a Ayaka mientras los demás me aplaudían. Se estaba mordiendo el labio y parecía que estuviese conteniendo las lágrimas.

Al final del día, mi fan número uno se me acercó mientras guardaba la trompeta.

—¡Felicidades por el papel, Saitô! —exclamó.

—Gracias.

Esa chica hablaba tan alto que temí que los demás nos oyeran, pero, al echar un vistazo a mi alrededor, vi que Ayaka ya no estaba.

—¡Una interpretación impecable, como no podía ser de otro modo!

—Ya. Hoy no me he puesto nada nerviosa. —Quizá los caramelos me habían ayudado con eso, pero mi habilidad con la trompeta era mía y de nadie más.

—En cambio, Takahashi se ha derrumbado al primer error... La verdad es que me sabe mal por ella, pobrecita.

Aunque hasta el momento no me había sentido culpable, el corazón me dio un vuelco de lo más desagradable al oír las palabras de mi compañera.

—Va...Vaya... Es que no he podido escuchar muy bien su interpretación...

—Ha cometido varios errores que normalmente no comete. Supongo que habrá sido cosa de los nervios.

—Sí, supongo... —respondí, pero lo que pensaba en realidad era muy diferente. ¿Y si esta vez el chivo expiatorio de mis errores había sido Ayaka? A cambio de hacer una interpretación impecable, ¿había boicoteado la suya?

—Pero ¡que no te sepa mal! Tú tocas desde primaria, tienes más experiencia que ella y, por eso, a la hora de la verdad, lo has hecho mejor. Es normal —me animó la chica, que se había dado cuenta de mi expresión sombría.

—Ya, tienes razón.

Quizá le estaba dando demasiadas vueltas. No había forma de saber si lo de Ayaka había sido por culpa de los caramelos; los nervios podían jugarle una mala pasada a cualquiera, ella incluida.

Terminé de recoger mis cosas y me dirigí al aula anexa para guardar mi trompeta cuando de repente oí a alguien sonándose la nariz y una voz que decía:

—Qué lástima, Ayaka.

—Ya...

No esperaba encontrar a nadie y me escondí detrás de las estanterías sin pensar. Asomé la cabeza y vi a Ayaka, que lloraba hecha un ovillo en el suelo mientras una compañera del club que tocaba el trombón y era muy amiga suya intentaba consolarla.

Los sollozos de Ayaka me encogieron por dentro. Probablemente, de no haber encontrado esos caramelos, la que estaría llorando en ese rincón habría sido yo.

—¿Qué te ha pasado? Con lo bien que tocas siempre...

—No lo sé. ¿Por qué he tenido que equivocarme precisamente hoy? Había ensayado un montón para no ponerme nerviosa durante la prueba, pero ha sido empezar y quedarme en blanco de repente...

—Con todo lo que te has esforzado... Si incluso pediste que te abriesen el aula de música para ti los días que no había ensayo y venías antes todas las mañanas para practicar.

¿Que Ayaka practicaba sola? No tenía ni idea. De repente sentí que me temblaba la mano con la que agarraba el estuche de la trompeta.

—Y tú me has acompañado todas las mañanas para nada. Lo siento.

—Tonta, no pidas perdón por eso.

Al ver que terminaban su conversación y se ponían de pie, me apresuré a huir de allí y regresar al aula de música.

—¿Eh? ¿No habías ido a guardar la trompeta? —me preguntó mi amiga, mientras se me acercaba con una expresión extrañada en la cara. El corazón me latía desbocado y tenía la respiración tan agitada que no fui capaz de pronunciar palabra.

Yo no sabía que Ayaka ensayaba todas las mañanas. Ni que iba expresamente a la escuela para practicar incluso los días que no había clase. Los otros compañeros tampoco me habían dicho nada, por lo que supuse que solo los profesores y su amiga estarían enterados.

Me había convencido de que cualquiera podía ponerse nervioso a la hora de tocar delante del público, pero estaba muy equivocada. Yo cometía errores absurdos porque no ensayaba lo suficiente. Lo que no salía bien durante los ensayos tampoco iba a salir durante la prueba. Ayaka lo sabía, por eso había practicado mil veces más que yo.

Mientras que yo apuraba al máximo cada mañana los minutos de sueño, hasta el punto de que casi siempre tenía que correr para no llegar tarde a clase, Ayaka dedicaba todo ese tiempo a ensayar. Mientras yo me quedaba holgazaneando en casa la mar de feliz los días que no había ensayo, ella practicaba en secreto y para sí misma, no para agradar a nadie.

Y, pese a todo su esfuerzo, yo le había endosado mis errores y le había arrebatado el papel.

—Creo que he hecho algo horrible... —susurré, dejándome caer al suelo mientras oía a mi compañera exclamándose preocupada.

Durante la semana siguiente no comí ningún tofe y me dediqué a observarme a mí misma. Eso me ayudó a entender muchas cosas.

Si de camino a la escuela pisaba cacas de perro o tropezaba con piedras era porque andaba demasiado distraída. Apuraba tanto los minutos de sueño que luego tenía que caminar medio corriendo para no llegar tarde a clase, y por eso no prestaba atención a dónde pisaba.

Los profesores solían llamarme a mí para salir a la pizarra cuando me pillaban mirando por la ventana o cuando agachaba la cabeza en un intento desesperado de esconderme para pasar desapercibida.

Y si las recetas de cocina no me salían bien era porque no prestaba a cada paso la debida atención y calculaba las cantidades a ojo en vez de pesarlas correctamente. Toda mi vida me había convencido de que atraía la mala suerte, pero estaba muy equivocada. La culpa de todo cuanto me sucedía era mía y de nadie más. Porque estaba todo el día en la luna y no prestaba la suficiente atención ni a mi alrededor ni a lo que hacía.

«Hay algo en tu forma de ser que te atormenta y quieres desprenderte de ello, ¿verdad? Estos caramelos podrían ayudarte.»

De repente recordé las palabras de Kogetsu en la CONFITERÍA KOHAKU.

Él en ningún momento se había referido a la suerte, sino a mi «forma de ser». Seguro que me había calado a la primera. «He aquí la típica niñata arrogante que lo atribuye todo a la mala suerte con tal de no admitir sus propios defectos.»

Aunque no había vuelto a comer uno de esos tofes desde el día de la audición, aún podía sentir el dulzor tan pegajoso que me habían dejado en el paladar. Era el sabor de la culpa. La culpa de haberle encasquetado mis errores a Ayaka, que nunca había hecho nada malo, para que fracasase delante de todo el mundo.

Ya no podía volver atrás en el tiempo ni cambiar la prueba, pero había algo que solo yo podía hacer, y era mi única forma de redención.

—Profesor Hasegawa, ¿puedo hablar con usted un momento?

Estábamos en el descanso del mediodía. Entré en la sala de profesores y busqué al de música, que también nos ayudaba con las actividades del club de instrumentos de viento. Él me miró sorprendido.

—Saitô, ¿qué ocurre? Qué raro verte por aquí.

Los que sacaban buenas notas solían visitar la sala de profesores durante los descansos para hacerles preguntas, pero a mí los estudios me interesaban lo justo, por eso rara vez pisaba ese despacho. Según tenía entendido, la capitana y la subcapitana del club de música se pasaban por allí más a menudo para recoger las llaves del aula, mientras que la líder de la banda, Ayaka, también acudía para consultar el plan de ensayos con el profesor.

A diferencia de las demás aulas, por allí dentro solo pululaban adultos y el ambiente era bastante incómodo. Me quedé un momento observando mi alrededor, un poco acongojada.

—¿Querías preguntarme algo? —me instó el profesor Hasegawa, al verme tan dubitativa.

—Sí... Es sobre el solo de trompeta del festival.

—Ah, ya. El otro día ganaste la audición, ¿eh? ¿Hay alguna parte que se te resiste?

—No, no es eso —negué, y entonces me preparé para decir la frase que llevaba ensayando en mi cabeza toda la mañana—: ¿Podríamos repetir la audición? No me convenció el resultado.

El profesor abrió los ojos un instante y luego me preguntó, con voz serena:

—¿Estás segura?

—Sí. Ayaka no estaba en plena forma. En el fondo usted también lo cree, ¿verdad?

Yo, en cambio, hice gala de un talento que no me correspondía. No hacía falta ni decírselo, el profesor ya se había dado cuenta.

—Hacerlo bien en el momento de la verdad y aprender a manejar los nervios también es una habilidad. ¿Lo sabes?

—Por supuesto.

La actuación final es el reflejo del esfuerzo diario. Pero yo había retorcido esta regla con el poder de los caramelos.

El profesor clavó la mirada en mí y yo se la sostuve en silencio. En cuanto se dio cuenta de que no iba a cambiar de opinión, su expresión se relajó y suspiró.

—De acuerdo. Pensaré cómo lo hacemos y lo anunciaré esta tarde en clase.

—Muchas gracias —dije, agachando la cabeza. Puede que aquella fuese la primera vez que le hacía una reverencia sincera a un adulto.

—Nunca habría imaginado que me pedirías algo así, Saitô. Estás madurando muy rápido —dijo el profesor, mirándome con ojos sabios mientras dibujaba una sonrisa.

Cuando en la reunión previa a los ensayos del club el profesor Hasegawa explicó a mis compañeros que repetiríamos la audición y que, además, lo había pedido yo, se produjo un gran revuelo. Mi amiga y fan me miró con incredulidad y Ayaka se puso tensa de pies a cabeza. Yo no miré a ninguna de las dos. Me limité a erguir la espalda y a fijar la vista al frente en silencio. Por primera vez en toda mi vida sentía que podía estar orgullosa de mí misma.

En la audición que celebramos el siguiente sábado, sufrí una derrota estrepitosa. La interpretación de Ayaka fue hermosa y estable, con un tono y unos vibratos preciosos. Estuvo mucho mejor que mi interpretación de la otra vez, cuando pensé que lo había hecho de maravilla.

Cuando toda la clase levantó la mano para votar a su pieza, Ayaka se estaba secando las lágrimas; solo yo alcancé a verlo, pues todos los demás estaban de espaldas a ella.

—¡Risa! —Ayaka vino a buscarme cuando ya estábamos en la calle, de camino a casa—. Por qué... ¿por qué pediste que repitiésemos la audición? Tú también te morías de ganas de interpretar el solo...

¿Por qué su expresión era tan grave? Acababa de ganar el solo. ¿Por qué no se alegraba sin más y se olvidaba de mí? Pero no, Ayaka era incapaz de algo así. La angustia que sentía en ese momento era por mí, y eso no se me pasó por alto.

—Simplemente pensé que no me lo merecía. Hoy he tocado como toco siempre, y no he estado a la altura.

—¿Insinúas que pediste una repetición convencida de

que ibas a perder? Tonta... ¡Qué tonta eres, Risa! —gimió Ayaka, agarrándome del brazo.

—Ya lo sé. Pero, verás: por primera vez me alegro de serlo. No te imaginas la paz que siento ahora mismo —le respondí yo, con voz alegre, mientras ella seguía temblando cabizbaja. Y es que por primera vez en catorce años sentía que por fin estaba aprendiendo a conocerme a mí misma.

—Risa...

—Cúrratelo con el solo, ¿vale? Te advierto de que antes de graduarme ya te habré atrapado y seré mejor que tú.

Exacto. La competición no había hecho más que empezar. Seguro que pronto habría otra oportunidad como esa y no pensaba dejarla escapar. El próximo solo sería mío.

—¡Vale!

Nos dimos la mano. Ninguna de las dos sabía qué más decir. Ayaka había estado llorando hasta entonces, pero de pronto sus ojos brillaban con una nueva luz, un resplandor que decía: «Yo tampoco pienso perder».

Ojalá de ahora en adelante pudiésemos ser buenas rivales. Es lo que deseé.

Y ahora hablemos del presente.

Tras ese episodio tomé la decisión de cambiar. Empecé a fijarme en lo que sucedía a mi alrededor y a estar atenta en clase.

También me tomé más en serio las actividades del club y comencé a darlo todo en los ensayos. Escuchaba a mis compañeros como si quisiera robarles sus habilidades.

—Hace unos días ya te notamos más concentrada, como si hubieras sentado la cabeza, pero nos habíamos quedado cortos, Risa. Últimamente te estás esforzando mucho, estamos muy orgullosos de ti.

—Menudo cambio has pegado, Risa. Me gustas más ahora.

Mis padres y mis amigas volvieron a felicitarme, pero esta vez sin la ayuda de los caramelos, lo cual me hizo muchísima más ilusión.

También creo que Ayaka y yo nos llevamos mejor que antes. Ahora me pide consejo sobre cómo dar las indicaciones a los compañeros del club u organizar los horarios para los ensayos.

Que una chica tan aplicada como ella recurra a mí para que la ayude significa que me ve como a una igual.

Si te esfuerzas, puedes estar seguro de que alguien se dará cuenta. Yo antes no lo sabía porque nunca me había esforzado de verdad.

Esta tarde he decidido volver al templo después de mucho tiempo. Quería darle las gracias a Kogetsu, pero no he sido capaz de encontrar la calle comercial.

En el fondo ya lo sabía. Al fin y al cabo, ese distrito de tiendas y la CONFITERÍA KOHAKU no eran lugares corrientes. Gracias a una sucesión de casualidades, ese día, y solo ese día, la puerta de la fantasía se abrió ante mí.

—Dios, aquí te dejo estos caramelos. Ya no necesito que nadie más cargue con mis defectos.

Solo quedaba un tofe, pero dejé la caja en el templo y, tras decir mi plegaria, di media vuelta para irme.

¿Volvería a ver a Kogetsu algún día, fruto de otra cadena de casualidades? ¿O esta clase de experiencias estaban reservadas solo a los niños?

No importaba; algo me dijo que Kogetsu me estaba mirando y alcé la vista al cielo teñido de naranja.

Cuando la muchacha miró al cielo, sus ojos se cruzaron por un instante, pero luego siguió andando hacia la calle con pasos ligeros. No parecía que se hubiese percatado de su presencia.

Kogetsu, que la había estado observando desde el tejado del templo, hizo algo que no tenía por costumbre: bajar al suelo.

—De todos los clientes que me han visitado hasta la fecha, esta chica es la que más se ha acercado a la verdad. No hay que subestimar a los niños.

Cogió la caja de caramelos que le había dejado como ofrenda y entornó los ojos dibujando una leve sonrisa.

—Pero se ha confundido con un detalle: la mala suerte de Risa era auténtica. Estaba tan empeñada en culpar de todo al destino que al final consiguió que la desdicha se encaprichase de ella y la siguiera a todas partes.

Sacó el único caramelo que quedaba en la caja, lo sostuvo en el aire y miró al infinito.

—Parece que por fin la ha dejado en paz. Me alegro. Y yo he conseguido otra muestra.

El caramelo quedó envuelto en ámbar encima de su mano. Luego volvió a dejar la caja vacía en el mismo lugar y desapareció.

CAPÍTULO 5

LAS MANZANAS DE CARAMELO DE LA CONSTATACIÓN

—¡Buaaah! ¡Buaaah!

El llanto estridente de la bebé retumbaba por el apartamento. Era un plañido casi desesperado, frustrado, y para el que parecía emplearse en cuerpo y alma.

—¡Ya voy, ya voy!

Sabía que no le pasaba nada, pero me agobiaba que los vecinos la oyesen.

Si se dormía justo después de darle el pecho, ya podía darme con un canto en los dientes: a veces no lo hacía, y entonces era yo la que quería echarse a llorar, desesperada.

Los niños son un encanto, pero cuando tienes que pasarte todo el día con uno, puedes llegar a sentirte aislada de la sociedad, encerrados a solas los dos en un mundo demasiado pequeño.

Estaba a punto de cumplir los treinta años. Al poco de casarme con mi marido tuvimos a nuestra primera hija y enseguida dejé mi trabajo para dedicarme a ser ama de casa. Al principio tenía la intención de reincorporarme cuando se me terminase la baja por maternidad, pero mi marido insistió en que la niña era demasiado pequeña y que lo mejor era que me centrara en ella.

Tanto mis padres como los suyos vivían bastante lejos y no podía contar con ellos. Solo tenía a mi marido, pero desde que había nacido nuestra hija lo notaba cada vez más distante conmigo.

Él nunca se levantaba por las noches si la niña se despertaba llorando. Aunque la oyese, lo único que hacía era avisarme de que estaba llorando con tono enfadado y seguía durmiendo. Nunca se disculpaba por dejarme a mí al cargo de todo ni me lo agradecía.

Tenía que sacar el tiempo de donde fuese para dedicarlo a la crianza a la vez que hacía las mismas tareas del hogar de siempre. De haberlo sabido, nunca habría dejado mi trabajo. Allí todo era más fácil. Formar parte del mundo laboral me daba seguridad, y al menos mi marido era cariñoso conmigo cuando volvía de la oficina.

«Es como si me quisiera menos que antes...»

Existen dos tipos de hombres: los que se entregan en cuerpo y alma a la crianza de sus hijos y disfrutan de ello y los que se vuelcan en el trabajo para traer más dinero a casa. Yo supuse que mi marido pertenecía al segundo grupo. También podría ser que simplemente prefiriese pasar el tiempo en la oficina antes que con su mujer y su hija.

«Sakura es la única que me necesita...»

La había puesto a dormir en la cunita y acaricié suavemente sus mejillas mientras la contemplaba. Le pusimos Sakura, que significa «flor de cerezo», porque nació en primavera. Mi marido se llama Itsuki, «árbol», y yo Chika, «mil flores», por eso quisimos que ella también tuviese un nombre relacionado con la naturaleza.

Ya habían pasado ocho meses desde esa primavera colmada de felicidad y estábamos en invierno.

No conseguía acordarme de lo que había hecho hasta entonces aparte de cuidar de mi hija. Hacía siglos que no iba a la peluquería y ya no salía nunca con mis amigas. No sería ninguna exageración decir que había dedicado el cien por cien de mi tiempo a Sakura.

Ya era tarde cuando senté a la niña en el cochecito y nos fuimos al supermercado. Como hacía buen tiempo y Sakura también parecía contenta, se me ocurrió que podíamos dar un rodeo y aprovechar para pasear un ratito de vuelta a casa. Nos mudamos al barrio cuando nos casamos, de modo que conocía solo lo justo. Si me salía de las calles principales, sentía que estaba en territorio desconocido.

Ese día elegí una ruta diferente a la habitual y, al meternos en un callejón por el que no había pasado nunca, de repente nos encontramos con un templo pequeño y solitario.

Estaba construido en lo alto de una colina y para acceder al recinto tenías que subir unas cuantas escaleras. Además, lo rodeaba un bosque de grandes árboles. Quizá fue por eso por lo que se me antojó un lugar sagrado y remoto, como apartado del resto del mundo. Era justo el reposo que mi corazón necesitaba en ese momento.

A un lado de las escaleras había una rampa por la que

parecía que podría subir con el cochecito. Ya que había descubierto el lugar, me apetecía descansar ahí un rato antes de volver a casa. Esa era mi intención, pero al adentrarme en el recinto me di cuenta de que no había bancos donde sentarse, solo el templo, y el ambiente era tan deprimente que no invitaba a quedarse demasiado.

Sakura había estado muy animada en el supermercado, pero se le había agotado la energía de golpe y ahora dormía profundamente en el cochecito. Por fin tenía un poco de tiempo para mí fuera de casa, pero me había llevado un buen chasco con ese templo tan ruinoso. En fin... Ya que había subido hasta allí, al menos aprovecharía para rezar.

Lancé unas monedas en la caja de las ofrendas y tiré de la campana con suavidad para que Sakura no se despertase. Aunque pedí felicidad para mi familia, en el fondo sentía que deseaba algo más, y no pude evitar estremecerme con un escalofrío.

Me abroché el cuello del abrigo para resguardarme del frío y me dispuse a marcharme. Fue entonces cuando me di cuenta. Una sensación extraña me empujó a darme la vuelta.

No sabría cómo definirlo. Era como si algo no encajase.

—Ah...

Y entonces lo entendí. Una parte del bosque que rodeaba el recinto estaba completamente despejada, como si hubiesen talado todos los árboles y limpiado la vegetación para crear un solar solo allí.

¿Por qué habrían hecho algo así? Me acerqué, movida por la curiosidad, y entonces lo vi: un camino avanzaba en línea recta desde esa parte del recinto hasta una calle de tiendas rústicas.

—¿Una zona comercial? ¿En un lugar como este?

Hasta el momento no me había dado cuenta de que existía un sitio así porque siempre lo compraba todo en el supermercado. Decidí ir a echar un vistazo. ¿Quién sabe? Quizá encontrase alguna tienda con buenos precios.

Como el camino estaba sin pavimentar, el cochecito hacía bastante ruido y tuve miedo de que Sakura se despertase, pero el traqueteo debió de gustarle, porque siguió durmiendo como un lirón.

De lejos no lo había visto bien, pero tras andar algunos pasos por el callejón enseguida me pareció un lugar bastante insólito. En vez de farolas, colgaban farolillos de papel, y algunos rótulos no estaban escritos en japonés. Para colmo, la mayoría de las tiendas por las que iba pasando tenían la persiana bajada.

—Creo que aquí no hay nada que ver...

Suspiré, decidida a dar media vuelta y volver por donde había venido, cuando de repente mis ojos se toparon con los de una niña que me miraba desde la sombra de una de las casetas. Así, a ojo, calculé que no tendría ni seis años. Iba peinada a la antigua, con el pelo negro tan corto que casi no llegaba a cubrirle las orejas y un flequillo recto. Además, vestía un kimono rojo muy elegante, lo cual me sorprendió. Justo acababa de pasar el 15 de noviembre, el día en que se celebra el festival del Shichi-gosan,[1] así que era raro que todavía hubiera niños con kimono. Quizá estuviera celebrando algo con su familia.

—Qué guapa vas. Buenas tardes —la saludé, y la niña se me acercó tímidamente. Entonces le sonreí y ella, algo más confiada, echó un vistazo dentro del cochecito—. ¿No habías visto nunca a un bebé?

Se lo pensó un momento y sacudió la cabeza.

—¿Te gustan los niños pequeños?

A eso asintió con la cabeza. Lo que significaba que esa niña debía de tener un hermanito o hermanita.

Me pareció un poco raro que no abriese la boca y que permaneciese tan inexpresiva, pero lo atribuí a los nervios de estar hablando con una desconocida.

Se me escapó una sonrisa mientras la miraba. La niña seguía contemplando a mi Sakura cuando, de repente, me pareció que algo sobresalía entre su pelo.

—¿Eh?

Eran dos bultitos, como dos chichones que crecían poco a poco. Me froté los ojos.

—Oye, ¿qué te ha pasado en la cabeza? ¿Te has dado un golpe? —le pregunté.

La niña profirió una exclamación y se llevó las manos a la cabeza. En ese momento, dos orejitas de tejón asomaron de repente entre sus dedos y echó a correr. Me quedé

1. Festival que se celebra en Japón cada 15 de noviembre para agradecer la buena salud de los niños y rezar por su seguridad y fortuna en los años venideros. Los protagonistas son las niñas de tres y siete años y los niños de tres y cinco, que acuden a los santuarios sintoístas vestidos con kimonos. *(N. de la T.)*

mirándola mientras se alejaba. Algo sobresalía del dobladillo de su kimono. ¿Era una cola?

«Creo que el cansancio me está pasando factura.»

Esos últimos meses, la visión se me nublaba bastante a menudo. Seguramente había confundido un par de chichones con unas orejas. En cuanto a la cola, decidí que sería algún tipo de disfraz, como los que habían estado tan de moda años atrás. Hoy en día, podías encontrar cosas de esas en las tiendas de cualquier parque de atracciones, sin ir más lejos.

Al llegar a casa me tumbaría un rato para descansar antes de ponerme a preparar la cena, lo necesitaba. ¿Quién se ocuparía de Sakura y de la casa si yo caía enferma? No tenía relevo.

Seguí andando sin ver a nadie más y enseguida vislumbré el final de la calle. Pues sí que había pocas tiendas...

Sin embargo, justo allí, al final del callejón, encontré una caseta bastante diferente a las demás. En el rótulo ponía CONFITERÍA KOHAKU. Me pareció gracioso que utilizasen el ideograma de «hechizo» para escribir «confitería» en vez del de «dulce occidental». Bonito juego de palabras.

Por fuera parecía igual de antigua que las otras, pero al menos se habían esmerado con el mantenimiento, puliendo las paredes y decorándola con farolillos de color melocotón.

Tratándose de un comercio especializado en dulces, quizá encontrase algo para Sakura. Siempre procuraba darle cosas sanas para merendar, como tiras de boniato seco o galletitas sin aditivos. Y ese parecía la clase de establecimiento especializado en dulces artesanales, así que decidí entrar a curiosear un poco.

Empujé la pesada puerta de madera con una mano y asomé la cabeza al interior en penumbra del local.

No es que fuese muy amplio, pero solo había algunas estanterías y además yo era la única clienta, de modo que no tendría que preocuparme por si molestaba con el cochecito.

—Bienvenida —oí que me saludaba el dependiente, cuando me detuve dentro de la tienda tras cruzar el umbral de la entrada.

—Ah, gracias... —respondí, pero me quedé sin palabras cuando lo miré y descubrí lo guapo que era.

Un joven de una belleza escultural, rubio y con *hakama*. Me pregunté si últimamente se habría puesto de moda combinar piezas de ropa tradicional japonesa con colores de pelo claros. Ese estilo tan peculiar encajaba tan bien con él que tenía que ser así.

El dependiente contempló un momento el cochecito y sonrió.

—Vaya, creo que es la primera vez que entran dos clientas juntas.

—¿Dos clientas? Ah...

Lo había dicho por Sakura, como si fuera una clienta más. Su comentario me emocionó. Sin embargo, si era la primera vez que dos clientas entraban juntas, debía de ser que en esa tienda solo compraban los habituales.

—Me llamo Kogetsu y soy el dueño de este establecimiento. Esta es la CONFITERÍA KOHAKU de la calle del Crepúsculo. Adelante, puede curiosear todo cuanto desee.

—Va... Vale...

¿Así era como se llamaba ese distrito comercial?

Di una vuelta por el sitio. Los ideogramas con los que
habían escrito el nombre de la tienda eran bastante curiosos, pero sus productos eran los dulces japoneses de toda
la vida, los más tradicionales. También había los típicos
tofes y las bolitas de azúcar *konpeitō*. Sin embargo, lo que
me llamó la atención fue una esfera roja y grande.

—Vaya... ¿Una manzana de caramelo?

Estaba clavada en un palillo de madera desechable y
recubierta de una capa de caramelo rojo brillante. Era
una manzana como las que solían venderse en las ferias,
una sola, colocada en medio de los otros dulces de la tienda. No estaba muy segura de qué clase de manzana sería,
pero parecía más pequeña que las que venden en los su-
permercados.

—Veo que le interesa esa manzana —comentó Kogetsu desde mi espalda, y yo di un brinco por el susto. Me
había quedado tan abstraída contemplando las estanterías que no había notado que se me acercara por detrás.

—Ah, sí. Es que pensaba que solo las vendían en las
casetas de los festivales, nunca las había visto en una
tienda.

—A mí me encantan las manzanas, por eso vendo
esta. A diferencia de la mayoría de los dulces, me gusta
que se pueda ver la manzana que hay en el interior. Ojalá

los sentimientos de las personas fuesen también tan transparentes, ¿verdad?

El corazón me dio un vuelco cuando los ojos dorados del dependiente se clavaron en los míos. Me sentí completamente desnuda, como si mi mente fuese un libro abierto a su disposición.

Lo cierto era que lo había pensado más de una vez. Cuando Sakura lloraba, por ejemplo, o cuando mi marido contestaba con un suspiro y aire apesadumbrado. Ojalá pudiese leerles la mente. Ojalá pudiese comunicarme mejor con mi hija, que aún no sabía hablar, y con mi marido, que no quería hacerlo.

No es que me dejase influir por las palabras de Kogetsu, pero no había vuelto a comer una de esas manzanas desde que era niña, y de repente me sentí embargada por una ola de nostalgia.

—¿Por casualidad... no tendrá otra manzana como esta?

Sakura era demasiado pequeña para comerse ella sola una manzana tan grande, pero por alguna razón me sentía mal comprando solo una para mí. Al menos quería regalarle otra a mi marido.

—Creo que sí. Espere un momento, voy a buscar en el almacén —asintió Kogetsu, y desapareció tras el mostrador donde descansaba la caja registradora. Justo allí, en la trastienda, había una puerta corredera. Cuando la abrió, vislumbré una sala abarrotada de alacenas altísimas. Casi llegaban al techo y no tenían puertas, por lo que parecían estanterías de libros. Sin embargo, lo que contenían no eran dulces, sino tarros de vidrio. Aquello no se parecía en absoluto al almacén de una confitería.

Kogetsu se dio cuenta de que estaba mirando y se volvió hacia mí entornando los ojos.

—Lo siento, pero esto no es de su incumbencia —dijo con expresión serena, pero sus ojos no sonreían. ¿Se había molestado?

Se me puso la piel de gallina.

—Pe... Perdón...

No creía haberle dado motivos para molestarse, pero me disculpé de corazón. Kogetsu se llevó el dedo índice a los labios y susurró, como quien cuenta un secreto:

—La curiosidad mató al gato, ¿sabe? Le recomiendo que se olvide de lo que acaba de ver.

—De... De acuerdo.

¿Quizá tenía la trastienda manga por hombro y le preocupaba que alguien lo viese?

Kogetsu regresó con otra manzana, cogió la que había expuesta y me cobró las dos. Resultaron mucho más baratas que las que venden en los festivales de verano.

—Muchas gracias por su compra. Consúmalas según las instrucciones y la dosis recomendada.

Qué tienda tan extraña.

Tras volver a casa y guardar la compra del supermercado, me tumbé un momento en el sofá para descansar y me quedé ensimismada. Un dependiente que parecía de otro mundo, un distrito comercial viejo y deteriorado, y una niña con kimono. Pensado en perspectiva, todo aquello parecía el decorado de una película. No recordaba muy bien cómo había regresado al templo ni el camino hasta casa. ¿Tan alterada me había dejado aquella experiencia? ¿Solo porque ese chico tan guapo me había regañado? Me avergoncé de mí misma. Por Dios, que estaba a punto de cumplir los treinta. Era una adulta hecha y derecha. ¡Era una mujer casada!

Suspiré abrazando el cojín y sonó el móvil. Era un mensaje de mi marido avisándome de que llegaría tarde a casa. Eso significaba que aún faltaba un buen rato para cenar.

—Me comeré una de las manzanas que he comprado.

Quité el plástico transparente que envolvía la manzana y la lamí. El sabor se parecía al de los caramelos que comía de niña. Lógico. Solo era una manzana bañada de azúcar fundido al que habían añadido colorante rojo.

Era un dulce simple, no tenía mayor misterio, pero aun así me pareció deliciosa. Siempre había pensado que estas cosas nos gustan porque las comemos en los festivales, pero ahora descubría que en casa sabían igual de ricas. Aunque quizá solo fuese por la nostalgia y los recuerdos del pasado que evocaban.

Fui lamiendo la manzana con paciencia, esperando ansiosa a que la capa de azúcar fuese lo bastante delgada para romperla con el primer mordisco. Cuando por fin le hinqué el diente, la acidez que se extendió por mi paladar encajó mágicamente bien con el dulzor del caramelo.

—Qué rica...

Solo había comido una pieza de fruta con caramelo, pero me sentía mucho menos cansada que antes. Si un poco de dulce ya tenía un efecto tan remarcable, quizá tendría que concederme el placer de picar entre horas más a menudo, aunque acabase engordando. Al menos mientras cuidar de mi hija siguiese siendo tan agotador.

—Sakura...

Cuando alcé la vista para mirar a Sakura, no pude creer lo que veían mis ojos.

—¿Qué...? ¡¿Qué es esto?!

Sakura estaba envuelta en una luz roja. ¿O era ella misma la que brillaba?

—Sa... ¡Sakura! ¡¿Te encuentras bien?!

La abracé, asustada, pero ella me miró sin comprender.

Al tocar esa especie de aura rojiza que envolvía a Sakura, me di cuenta de que no quemaba, no tenía temperatura alguna. Mi hija tampoco parecía inmutarse y no detecté nada raro en ella.

—Entonces...

¿Era yo la que estaba viendo cosas que no existían? Nunca había oído hablar de síntomas parecidos, pero si existían las miodesopsias, también llamadas «moscas volantes», no podía descartar que existiera una enfermedad que te hiciera ver auras rojas.

Para comprobarlo, probé a cerrar primero el ojo derecho y luego el izquierdo, pero nada cambió. Cuando desplacé la mirada por el resto del salón, me percaté de que solo veía esa aura roja alrededor de Sakura.

—¿Y ahora qué hago?

A esas horas no encontraría ningún oftalmólogo que me visitase, de modo que tendría que conformarme yendo al día siguiente por la mañana. Quizá con un poco de suerte se me pasaría solo antes.

Me daba bastante pereza ir al médico para mí, sobre todo porque tendría que llevarme a Sakura conmigo, pero también era consciente de que no podía hacer el tonto con esas cosas.

Estaba a punto de cumplir los treinta y, como bien dijo una vez una antigua compañera de trabajo, cuando cruzabas ese umbral, todo iba cuesta abajo y sin frenos. Poco a poco me iría sintiendo más cansada y aparecerían dolores aquí y allá. En ese momento no le había dado mucha importancia, pensé que eso dependería de cada uno; jamás hubiese imaginado que lo experimentaría en carne propia de una forma tan chocante.

Mi marido llegó a casa cuando ya había acostado a Sakura. Me saludó con voz cansada desde el vestíbulo y yo le respondí.

—¡Hola! —dije, mientras me dirigía a la puerta—. ¿Cómo ha i...?

Me quedé sin voz antes de acabar la frase. Me puse tensa y abrí los ojos de par en par.

Mi marido se estaba quitando los zapatos con un bufido. Vestía su traje de oficina y su espalda irradiaba un resplandor rojizo.

—Por... ¿Por qué?

Esta vez la luz era menos intensa que la de Sakura. Antes me había pasado por alto, pero ahora caía en la cuenta de que ese resplandor rojizo y transparente se parecía al color de las manzanas de caramelo.

Ahora que lo pensaba, los síntomas habían aparecido justo después de comerme la manzana.

Entonces me vinieron a la cabeza esa misteriosa calle comercial bajo la luz del ocaso y la CONFITERÍA KOHAKU. ¿Y si la manzana era la culpable de todo? No, imposible.

—¿Qué te pasa, Chika?

Me había quedado plantada como un pasmarote en medio del pasillo y mi marido me miraba con extrañeza.

—Na... Nada, no es nada. —Si estaba enferma, tendría que habérselo contado inmediatamente, pero por algún motivo mi primera reacción fue ocultárselo—. ¿Quieres bañarte primero? Ah, hoy he cocinado estofado —farfullé, intentando disimular. El estofado era su plato favorito.

—Caramba, ¿en serio? Pues entonces mejor ceno primero.

Una sonrisa iluminó su rostro y, en ese mismo instante, la luz roja que envolvía su cuerpo se intensificó.

—¿Eh...?

Volví a quedarme sin habla y mi marido dijo, con voz cansada:

—¿Se puede saber qué te pasa? ¿Tengo monos en la cara o qué?

—Ah, perdona. Te caliento el estofado.

—Gracias. Voy a cambiarme.

Me quedé mirando la espalda de mi marido mientras se dirigía al dormitorio rascándose la cabeza. La luz que se había intensificado durante un instante se había vuelto a apagar un poco.

Si resultaba que la manzana era la responsable de mis visiones, ¿cómo se explicaba que Sakura e Itsuki brillasen de una forma diferente?

Más tarde, cuando le serví el estofado y se lo comió de muy buen humor, su luz volvió a intensificarse y se mantuvo así hasta que salió de la bañera y se fue a dormir.

A la mañana siguiente, su resplandor se había apagado casi por completo. Cuando Sakura y yo nos quedamos solas después de que él se fuera a trabajar, decidí que, en vez de ir al médico, saldríamos las dos juntas a dar un paseo. En el parque nos encontramos con una vecina de nuestro mismo bloque y que también tenía hijos. Su aura, sin embargo, era incluso más endeble que la de mi marido la noche anterior. Luego paseé la vista por el parque y advertí que todas las personas que conocía irradiaban un vago resplandor, mientras que los desconocidos no emitían luz alguna.

No todas las personas brillaban, solo aquellos con los que había hablado al menos una vez, y encima las intensidades de las auras también variaban.

¿Qué significaba eso? A esas alturas, había dejado de

pensar que lo que me estaba sucediendo fuese una enfermedad y ya lo atribuía por completo a la manzana que me había comido la noche anterior. Aún me quedaba otra, la que había comprado para Itsuki, pero, en vez de dársela, la había escondido en el armario.

«A diferencia de la mayoría de los dulces, me gusta que se pueda ver la manzana que hay en el interior. Ojalá los sentimientos de las personas fuesen también tan transparentes, ¿verdad?»

Algo me decía que la clave de todo estaba en las palabras de Kogetsu.

Ese día me dediqué a observar atentamente a Sakura y me percaté de otro detalle: cuando tenía hambre o quería que la abrazase, su luz se intensificaba, mientras que cuando la reñía o no se salía con la suya, se debilitaba.

Fue entonces cuando se me ocurrió una teoría: ¿y si esa luz representaba el grado de afectuosidad que sentían los demás hacia mí? Eso explicaría por qué solo brillaban mis conocidos y por qué lo hacían de forma diferente.

Sin embargo, si estaba en lo cierto, el afecto de mi marido hacia mí era como una tercera parte del de Sakura. Habría preferido no darme cuenta de eso. Por más que supiera que el amor de una niña pequeña hacia su madre es especial, el golpe fue demasiado duro.

Ese día Itsuki llegó a casa más temprano de lo habitual y luciendo una sonrisa. Tenía varios pelos castaños en su abrigo.

—Esto son pelos de animal, ¿no? ¿Qué ha pasado?

—le pregunté, mientras se los sacudía propinándole unos golpecitos en el brazo. Los pelos cayeron al suelo con un leve vaivén.

—Me he encontrado un perro de camino a casa y lo he acariciado un poco. Andaba solo por la calle.

A mi marido le gustaban mucho los animales, en especial los perros. Siempre decía que algún día quería construirse su propia casa para poder comprarse uno, porque en la mayoría de los pisos de alquiler no permitían mascotas.

—Vaya, ¿no tenía dueño? ¿Lo habían abandonado? —pregunté, un poco asustada. Los animales abandonados podían estar enfermos.

—No. Por lo simpático que era y lo bonito que tenía el pelo, creo que sí tendría dueño. Era oscuro y no he podido ver si llevaba collar, pero era del tamaño de un shiba inu.

—¿De un shiba...?

Agarré otro pelo que le había quedado en el abrigo y lo observé. Los shiba inu solían tener el pelo bastante más corto que ese, que era largo y castaño claro. Por la longitud y el color, ese pelo se parecía más bien al de un...

—¿Qué te pasa? Estás en las nubes, igual que ayer.

—Ah, nada. Solo pensaba que me habría gustado acariciarlo a mí también.

—Si vive por aquí cerca, puede que volvamos a verlo —contestó mi marido con una sonrisa. Se había creído mi respuesta sin sospechar nada.

Quizá le estuviese dando demasiadas vueltas. No había zorros en la ciudad, no tenía ningún sentido. Solo se me había ocurrido esa idea tan extravagante por la niña que había visto en la calle del Crepúsculo, con sus orejas y la cola de tejón. Y supuse que también por Kogetsu, cuyos ojos dorados y rasgados, junto con su esbelta silueta, evocaban la figura de un zorro.

Sin embargo... teniendo en cuenta que había sido en esa tienda donde había comprado la manzana mágica, que su dueño fuese un zorro sería lo menos sorprendente.

Eso significaría que habría visitado con Sakura una calle por donde se paseaban niños tejón y que luego me había llevado a casa los dulces de una tienda regentada por un zorro haciéndose pasar por humano.

Solo de pensarlo, un escalofrío me recorrió el espinazo.

—Que no, que no puede ser —susurré, abrazándome. Siempre me habían dado mucho miedo las historias de espíritus y fantasmas. Tenía que quitármelo de la cabeza. «El chico era muy guapo y parecía tener un poder especial, y tú le compraste un par de manzanas misteriosas, eso es todo.» Si lo resumía así, casi podía considerarlo un cuento de hadas en vez de uno de terror.

Ahora que sabía que la luz representaba el grado de afecto que las personas sentían hacia mí, me dediqué a observar a Itsuki. Así aprendí que el amor no era algo constante.

La luz que irradiaba al volver a casa los días laborables, por ejemplo, solía ser bastante tenue, mientras que los fines de semana era más potente. También cuando le cocinaba sus platos favoritos o era atenta con él.

Llegué a la conclusión de que cuando estaba cansado no le quedaban fuerzas ni para pensar en mí, pero que, en cambio, los días que podía descansar sí que me prestaba atención y me dedicaba su cariño. Tampoco era de extrañar que su afecto fuese más intenso cuando tenía algún detalle con él, a todos nos sucede lo mismo.

Hasta entonces había pensado que mi marido me amaba menos que antes, pero estaba muy equivocada. Todos podemos vernos superados en algún momento. Sakura nos había cambiado la vida a los dos, no solo a mí. Yo dedicaba el día entero a nuestra hija, sin duda, pero mi marido también era nuevo en eso de tener una niña en casa, y adaptarse a esta nueva vida consumía toda su energía.

Además, si el amor no era constante, eso significaba que mis acciones podían cambiarlo. Solo tenía que dedicarle más tiempo.

A partir de ese momento empecé a esforzarme más en las tareas del hogar para que su luz brillase con mayor intensidad. Cuando volvía a casa del trabajo lo colmaba de atenciones, y los fines de semana me llevaba a Sakura de compras al centro comercial para darle su tiempo a solas. En vez de quejarme cuando salía a beber con sus amigos y volvía a casa pasadas las doce, lo recibía con una sonrisa.

Al cabo de un tiempo, el aura rojiza de mi marido se volvió tan intensa como la de Sakura.

«Ojalá pudiese saber qué piensa la gente. Así podría comunicarme mejor con ellos.» Mi deseo se había cumplido, pero, por alguna razón, yo seguía sintiendo una ligera desazón en el pecho.

¿De verdad era eso lo que quería? ¿No sería que en el fondo deseaba otra cosa?

Me había preguntado lo mismo cuando había ido a rezar a aquel templo.

¿Qué era lo que quería realmente? Mi marido se había vuelto más atento y cariñoso conmigo. Tendría que estar contenta.

Era domingo por la tarde. Itsuki entretenía a Sakura en el salón mientras yo preparaba la cena. En realidad, a él se le daba mejor que a mí jugar con los niños, y Sakura estaba la mar de contenta. Podía oír sus risas desde la cocina-comedor, que conectaba con el salón.

—Chika, ¿puedo comerme esto? —preguntó mi marido de repente, mientras yo cortaba un puerro.

—¿El qué? —dije, sin prestarle demasiada atención. Terminé de picar el puerro y luego alcé la cabeza para ver a qué se refería.

Sin esperar una respuesta, mi marido ya había desenvuelto la manzana de caramelo que había escondido y se disponía a darle el primer mordisco.

—¡No, deja eso!

¿Cómo la había encontrado? ¡Si la había guardado en un armario que nunca abría precisamente para que no la viese!

Corrí hacia él para quitársela de las manos, pero ya era

tarde. Mi marido tenía la boca llena y a la manzana que sujetaba le faltaba un buen mordisco.

Me dejé caer al suelo, delante del sofá donde estaba sentado.

—Ostras, perdona. ¿No podía? ¡Bua!

Alcé el rostro. Mi marido se tapó los ojos con las manos tras caer de espaldas sobre el sofá.

Ya no había nada que hacer, había descubierto mi secreto. Ahora él también podría ver el aura de afecto de la gente. Me había guardado esa manzana con la intención de comérmela cuando se agotasen los efectos de la primera.

Hundí los hombros, abatida, pero la reacción de mi marido no fue la que esperaba:

—¿Qué es esto? ¡Está todo rojo, no veo nada! —gritó, sacudiendo las manos delante de los ojos.

—¿Eh?

¿No veía nada? ¿Acaso no veía el aura rojiza alrededor de la gente igual que yo?

Me acerqué a Itsuki sin comprender y él pegó un brinco y volvió a cubrirse los ojos con las manos, aterrorizado.

—¡Ahora es más fuerte!

«No me digas que...» Un presentimiento me cruzó la mente y me levanté de sopetón.

—¡Espera aquí! ¡No te muevas! ¡Quédate donde estás! —Caminé hacia un rincón del salón, procurando alejarme todo lo posible de él—. ¿Qué tal ahora? Quítate las manos de los ojos.

Obedeció muy despacio.

—Ah, la luz ha disminuido. Ahora puedo ver las cosas —dijo, más relajado—. ¿Chika? ¿Dónde estás?

—Aquí, junto a la puerta.

Paseó la mirada por todo el salón, buscándome, hasta que al final me encontró. Entonces parpadeó varias veces sin creerse lo que estaba viendo.

—Espera... ¿Eres tú la que está brillando? La luz es tan fuerte que no alcanzo a ver tu silueta.

—Sí, soy yo —respondí, y pensé que iba a romper a llorar. Brillaba con tanta fuerza que mi marido apenas podía distinguir nada a su alrededor. Así era el amor que sentía por él. Lo amaba mil veces más de lo que un bebé podía amar a su madre—. Lo siento, esto es culpa mía.

—¿A qué te refieres?

Itsuki hizo ademán de ponerse en pie, frunciendo el ceño.

Sakura se quedó mirando nuestros rostros serios mientras jugaba con sus muñecas.

Le pedí que se pusiera las gafas de sol y entonces le conté la historia de las manzanas de caramelo. Empecé por el principio, cuando había descubierto aquella misteriosa calle comercial paseando con Sakura. La niña seguía sentada en la alfombra, embobada con un programa infantil.

—Ya lo entiendo... Ahora que lo dices, es verdad, Sakura también brilla un poco. Lo que pasa es que tú brillas tanto que ni me había fijado, Chika.

Era una historia de locos, pero supongo que me creyó

enseguida porque lo estaba experimentando en sus propias carnes.

—¿Y dices que esta luz roja se intensifica en función del aprecio que esa persona siente por ti?

—Sí, exacto.

—Y, dime... ¿cuánto brillo yo?

Decidí decirle la verdad:

—Ahora... más o menos igual que Sakura. Antes estabas más apagado.

—Vaya... —suspiró él—. Entonces, si tú brillas tanto... es que me quieres muchísimo, ¿no? Sin las gafas de sol no podría mirarte directamente, es increíble.

—Sí... —respondí. Por fin empezaba a comprender mis propios sentimientos. Mi auténtico deseo no era felicidad para nuestra familia; tampoco saber qué pensaba mi marido. Lo que más deseaba era que él entendiese cuánto lo amaba yo. Había descubierto el origen de la desazón en mi pecho, pero jamás hubiera imaginado semejante giro de los acontecimientos.

—¿Por eso estos días has estado tan atenta conmigo, Chika? Lo siento, te pido perdón por no haberme dado cuenta antes de cuánto me quieres. Y también por dejarte a cargo de Sakura y de toda la casa. —Agachó la cabeza en señal de disculpa y luego se rascó la mejilla, sonrojado—. La verdad es que me alegro mucho, ¿sabes? Cuando nació Sakura te centraste tanto en ella que pensé que ya no sentías por mí lo mismo que cuando empezamos a salir.

Entonces... ¿ese era el motivo por el que se había dedicado en cuerpo y alma al trabajo? ¿Había estado tan ocupada con Sakura que me había olvidado de mi marido y le había hecho sentir que no quedaba espacio para él en esta familia?

¿Por eso su luz había ganado intensidad esos últimos días, porque yo había empezado a hablar más con él?

Pensándolo bien, mi marido y yo habíamos dejado de tener conversaciones íntimas justo después de nacer Sakura. No había sido él el primero en responder con pocas palabras cuando le hablaba, sino yo. Ahora me percataba de que quizá más de una vez le había contestado mal cuando estaba ocupada calmando a Sakura, por ejemplo.

Había estado culpando de todo a mi marido y había pasado completamente por alto mis propios errores.

—Dime... ¿No te agobia que brille tanto por ti?

Por fuerza tenía que ser agobiante que su pareja se pasase el día dándole vueltas a un problema inexistente y que de pronto se presentase en casa con unas manzanas de caramelo tan sospechosas como esas.

—¿Por qué tendría que agobiarme? ¿Quién no se alegraría de saber que su mujer le ama? —Yo le había hecho esa pregunta con lágrimas en los ojos y él me contestó con una sonrisa de oreja a oreja—. A partir de hoy, yo también me esforzaré por expresar el amor que siento por ti. Y me implicaré más en la crianza y las tareas del hogar. Chika, cuando te preocupe o te moleste algo, quiero que me lo digas, ¿de acuerdo?

—Va... ¡Vale!

Jamás me habría imaginado que le escucharía decir

algo así. Se me nublaron los ojos y sentí las lágrimas resbalando por mis mejillas.

—Te quiero, Chika.

—Yo también te quiero.

Me abrazó y me fundí en su pecho mientras lloraba desconsoladamente. No lloraba así desde que era una niña.

Cuando por fin me serené y alcé el rostro de nuevo hacia él, la luz roja había desaparecido.

—¿Eh? Ya no brillas —susurré.

Mi marido se quitó las gafas de sol.

—Es verdad, tú tampoco.

Nos miramos y nos echamos a reír. ¿Cuánto tiempo había pasado desde la última vez que nos dijimos mutuamente que nos amábamos y nos abrazamos con tanta ternura? De no haber sido por las manzanas, nada de eso habría ocurrido.

—Quizá ese tal Kogetsu era el dios de la felicidad conyugal —susurró mi marido. Al parecer, había llegado a la misma conclusión que yo.

—Es muy probable, sí.

—Yo también quiero ir a esa confitería. Me gustaría darle las gracias.

—Ya, yo también. Pero algo me dice que no será posible, no sé por qué.

En realidad, estaba bastante convencida de ello. Si ninguno de los dos podíamos ver ya las auras, seguramente significaba que ya no las necesitábamos.

Antes de comer aquella manzana, yo había sido incapaz de entenderme a mí misma ni de entender a mi marido. Por eso algo me decía que esa tienda solo aparecía ante las personas cuyo juicio estaba nublado. Las que ya eran felices por su cuenta no la necesitaban.

—Si tú lo dices, Chika, supongo que tendrás razón.

—Gracias por creerme.

Sakura se volvió hacia nosotros y, al encontrarnos abrazados otra vez, se hizo un hueco entre ambos.

—Ya te vale, Sakura...

—No pasa nada, podemos abrazarnos los tres... ¡bien fuerte!

Sakura rompió en carcajadas y nosotros nos unimos a ella. Así fue como el salón, bañado con la luz del ocaso, se llenó de nuestras risas.

A partir de ese día yo también verbalizaría el amor que sentía hacia mi marido. Además, cuando necesitase sentir su afecto, se lo pediría.

Al fin y al cabo, eso era lo que hacía Sakura. Pese a lo pequeñita que era, cuando necesitaba nuestro cariño, se ponía a llorar para hacérnoslo saber.

Una silueta humana con orejas de zorro y vestida con un *hakama* se posó encima del álamo del aparcamiento al lado del bloque de pisos.

—Cuando Chika visitó mi tienda, estaba tan ofuscada que ni siquiera advirtió el letrero de los festivos ni los cartelitos con los nombres de los productos... Pero parece que ahora ha recuperado su perspicacia natural.

Tres siluetas se juntaron al otro lado de las cortinas de encaje del apartamento y Kogetsu entrecerró los ojos.

—Aunque quizá me haya sobrepasado sacando la manzana que Chika había escondido en la alacena y dejándola encima de la mesa... —susurró, sacudiendo la cola—. No acostumbro a tener estos detalles con la gente. Normalmente no me gusta que los humanos me acaricien, pero ese amante de los animales me ha conquistado.

Con un leve gesto de su dedo, la manzana a medio comer fue a parar a sus manos.

—He conseguido otra muestra. Desconozco qué se siente al tener una familia, pero si Chika está tan contenta, seguro que es bueno.

Después de observar un rato la ventana del apartamento con ojos entornados, Kogetsu envolvió en ámbar la manzana y, no sin cierta reticencia, desapareció.

LOS PASTELITOS DE LEGUMBRES DE LA DESPEDIDA

Esa noche había luna nueva. Kogetsu contempló el cielo estrellado a través de la ventana de su dormitorio. Como siempre, la oscuridad era densa y absoluta.

—En noches como esta, siempre me acuerdo de aquel hombre.

Kogetsu salió a rastras del futón, se echó la chaqueta *haori* sobre los hombros y se sentó junto a la ventana, con la espalda apoyada en la pared. Hacía bastante frío. Suspiró con la vista atrapada en el cielo y su aliento empañó el cristal.

—¿Cuántas décadas habrán pasado ya? Tengo la sensación de que todo un siglo, pero a veces pierdo la noción del tiempo humano.

Ocurrió antes de que Kogetsu abriese la CONFITERÍA KOHAKU.

En aquella época, la cultura occidental empezaba a arraigar en este país, la nueva moda causaba furor y las ciudades eran un hervidero de actividad, pero la mayoría de la gente aún vestía kimono en vez pantalones, camisetas o vestidos.

Lo hizo sin querer. No es que estuviese realmente hambriento y tampoco se moría por probar esos dulces. Simplemente, vio los pastelitos con forma de camelia que habían dejado como ofrenda en el templo y Kogetsu alargó la mano para cogerlos sin pensar en hacerse invisible primero.

—¡Oh, un ladrón! —gritó una voz a su espalda en cuanto los tocó. Se volvió muy despacio—. ¡Eso es una ofrenda para el dios!

Un hombre se le acercaba a grandes zancadas. Aún era joven, pero tenía una fisonomía viril. Era más o menos igual de alto que Kogetsu, aunque bastante más corpulento, por eso parecía más grande. Vestía un kimono y un *haori* de colores claros.

Se plantó delante de Kogetsu y abrió los ojos de par en par antes de posar la mirada en su cabello.

—Tío, ese... ¿ese pelo es natural? Hablas... ¿Hablas japonés?

—Pues claro, ¿qué quieres? —repuso.

El chico sacudió la cabeza, de repente nervioso.

—No, nada, perdona. Es que como ibas con *hakama*, no he pensado que fueras extranjero... Debe de ser complicado encontrar trabajo por aquí, ¿no?

—Bueno... —No entendió a qué se refería y contestó sin mucho entusiasmo.

—Debes de tener hambre, ¿no? Pero eso no te lo puedes comer, es una ofrenda, ¿sabes? Mira, te doy estos pastelitos, llévatelos.

El chico abrió una caja envuelta en una tela. En ella

había varios pastelitos de formas diferentes, más o menos del tamaño de la palma de la mano.

Al parecer, había tomado a Kogetsu por un extranjero sin trabajo. Ahora se daba cuenta, un poco tarde, de que quizá acababa de aceptar una limosna.

Quiso decirle que se equivocaba, pero el hombre ya había empezado a explicarle qué era cada dulce.

—Esto se llama *yōkan*, es una gelatina. Y esto de aquí...

Optó por dejarlo correr. De todas formas, ¿qué probabilidades había de volver a encontrarse con ese humano?

Kogetsu no tenía ninguna intención de relacionarse con humanos, ni siquiera sentía el menor interés por ellos, por eso decidió que seguirle la corriente hasta que le dejase en paz.

—¿Hay alguno que no te guste?

—No lo sé, todos son nuevos para mí.

—Claro, claro. Bueno, en ese caso, llévatelos todos —dijo el chico, magnánimo, entregándole la caja entera con el pañuelo que la envolvía. No pesaba mucho, pero era bastante incómoda de llevar porque necesitaba las dos manos para sujetarla—. ¿Cómo te llamas?

—Kogetsu.

—¿Kogetsu? Tu nombre sí que suena japonés —susurró, y entonces se presentó él, aunque nadie le había preguntado—: Yo me llamo Akifumi Kohaku. Habrás visto la confitería kohaku de la avenida de enfrente, ¿no? Vivo allí.

—¿Akifumi...?

Por su físico, habría podido ser militar o policía. Jamás hubiera dicho que el oficio de pastelero requiriese de semejante musculatura. Al menos aquellos dulces de aspecto tan delicado no daban ninguna pista de ello.

—¿Y tú dónde vives, Kogetsu?

—Por allí. —Señaló la parte trasera del recinto. Aquello no era ninguna mentira.

—Eso es más cerca de lo que pensaba. Mejor, más fácil —respondió Akifumi, a la vez que le ponía una mano en el hombro. Kogetsu, que no estaba acostumbrado a que lo tocasen, se tensó—. Cuando no tengas nada que comer, ven a mi tienda. Si quieres, te regalaré todas las pruebas que haga. Bueno, nos vemos.

Akifumi le dedicó una sonrisa jovial y luego se alejó corriendo del templo.

—Creo que lo ha entendido todo al revés... No parece mala persona, pero es de los que sacan conclusiones demasiado rápido.

Suspiró. Apenas habían hablado unos minutos y ya lo había dejado completamente agotado. No le caían bien los tipos con tanta vitalidad.

Temió que Akifumi encontrase los dulces si los dejaba allí, así que no le quedó más remedio que llevárselos.

En la parte trasera del recinto del templo había un camino que era invisible para la gente normal. Era la calle del Crepúsculo, y conducía hasta la casa de Kogetsu.

Echó a andar por el callejón bajo el ocaso. Se dirigía al final de todo. Había bastantes tiendas a derecha e izquierda, pero no se veía ni un alma, y también eran pocos los establecimientos abiertos. Los vecinos de esa calle nunca habían tenido verdadera intención de montar negocios allí. Kogetsu, sin ir más lejos, llevaba ya un tiempo instalado en ese distrito, pero todavía no había decidido cómo ganarse la vida. Dado que, en realidad, podía vivir sin trabajar, su motivación era escasa. Lo mismo podía decirse de todos los espíritus.

En esa calle comercial a las afueras de la ciudad Kakuriyo, la frontera entre el mundo de los vivos y el de los muertos, solo habitaban espíritus errantes. Seres extraños o incompletos como Kogetsu, cuya energía era inconstante. Era un revoltijo de todo aquello que la ciudad había expulsado.

Por esta razón eran tan pocos los espíritus que se atrevían a visitarlos y apenas tenían clientes. En ocasiones se perdía por allí algún humano despistado a quien nadie quería atender.

Aunque a Kogetsu de vez en cuando le gustaba pasar el rato en el mundo de los humanos, la mayoría de los espíritus se mostraban reticentes a salir del callejón.

—Me conformo con una vida apacible, saliendo a pasear cuando me aburra.

Kogetsu estaba cansado de vivir. Se detuvo y suspiró. Su casa, al final de aquella calle comercial, era una especie de tienda. Después de que su dueño muriese, esperó un tiempo prudencial por si aparecía alguien y, al ver que nadie la reclamaba, se la quedó.

—La vida de los humanos es tan efímera... ¿Por qué he tenido que nacer medio zorro?

Kogetsu era medio espíritu y medio humano, y quizá por eso no se sentía cómodo ni en Kakuriyo, la ciudad, ni en el mundo de los vivos. Era un infeliz que no pertenecía a ninguna parte. Un ser errante que se dejaba arrastrar por la corriente como hacen las medusas. Eso es lo que era. Cuando empezó a tener conciencia de las cosas, ya vivía solo, de modo que nunca llegó a conocer el rostro de sus padres. Suponía que lo habían abandonado. ¿Quién querría criar a un niño mitad zorro?

—El hombre que he conocido hoy era todo lo contrario a lo que soy yo. Un humano con un objetivo claro en la vida. Las personas así jamás caerán en la inestabilidad. Nada que ver conmigo.

Había dejado el paquete de dulces, desprovisto de adornos, en el dormitorio. Esos pastelitos permanecerían allí eternamente hasta que se los comiese, así que no le quedaba otra. Alargó la mano para cogerlos.

Entre el surtido también había algunos con forma de camelia, como los que había visto en el templo. ¿Los habrían hecho así porque era invierno? En aquel entonces ni siquiera sabía que los dulces tradicionales japoneses emulaban las estaciones.

Cogió uno y lo estudió. Era muy blandito. Habría podido aplastarlo con los dedos.

—Qué pena que algo tan elaborado sea a la vez tan frágil —dijo, antes de probarlo. Entonces le dio un mordisco y el exquisito dulzor de la pasta de judías se extendió por su paladar—. Es dulce. Pero...

No resultaba para nada empalagoso. Cuando se lo terminó, se dio cuenta de que estaba impaciente por comerse otro.

Esa noche Kogetsu probó todo tipo de pastelitos de pasta de judías, gelatinas y dulces de castaña, hasta que cayó dormido.

Al cabo de unos días, mientras Kogetsu paseaba distraído por la calle del Crepúsculo, se encontró por casualidad con Akifumi, que llevaba otro paquete en las manos y miraba a su alrededor con ojos curiosos.

—Oh, pero si es Kogetsu.

—Qu... ¿Qué haces tú aquí?

Akifumi alzó la mano para saludarlo con aire despreocupado. Era evidente que no se había percatado de la expresión de alarma del chico zorro, que se le acercaba corriendo.

—¿Cómo que qué hago? Me dijiste que vivías detrás del templo y he venido a buscarte. Menuda sorpresa. No tenía ni idea de que hubiera todas estas tiendas por aquí. Qué lugar tan curioso. He visto algunos carteles escritos en un alfabeto extraño y farolillos rojos. Dime, ¿aquí viven muchos extranjeros como tú?

—¡Te equivocas, este lugar...!

Los humanos normales no podían acceder a Kakuriyo. Solo los espíritus malignos o aquellas personas cuyas preocupaciones desestabilizaban su alma podían ver el camino que unía el mundo de los humanos con la ciudad.

—¿Qué pasa con este lugar?

—¡Pues que no es para ti!

Nunca habría imaginado que un tipo como él pudiese albergar una angustia tan grande que le encogiese el corazón. Lo había juzgado mal, se había descuidado. No tendría que haberle dicho tan alegremente dónde vivía.

—¿Por qué lo dices? ¿Es peligroso? No te preocupes. Quizá no lo parezca, pero soy bastante fuerte.

—¡Lo parece, tranquilo, se ve a la legua que estás fornido!

Lo que resultaba difícil de creer no era eso, sino que un gorila como él pudiese confeccionar unos dulces tan delicados.

—Tienes que irte de aquí ahora mismo. No me apetece tratar con humanos.

Si se quedaba ahí más tiempo, podrían aparecer otros espíritus. La mayoría eran seres solitarios que rehuían cualquier contacto y no creía que fuesen peligrosos, pero... Sea como fuere, no le convenía a nadie que los humanos descubriesen que aquella era la ciudad de los muertos.

Kogetsu intentó ahuyentarlo como quien se sacude de encima un bicho, y Akifumi frunció el entrecejo con expresión dolida.

—Qué desconsiderado eres, compañero. He venido expresamente para verte y traerte estos dulces...

—¿Has dicho... dulces?

Al oír esa palabra, las orejas de zorro que mantenía escondidas saltaron como un resorte.

Ya se había comido todos los pastelitos que le había regalado el otro día y lo cierto era que se moría por conseguir más, pero no estaba dispuesto a reconocerlo.

—Te los comiste, ¿no?

—Sí, bueno... ¿y qué?

—¿A que estaban ricos?

—Sí... supongo —admitió, acorralado.

Akifumi sonrió.

—Pues entonces invítame a tu casa, anda. Ofréceme al menos un té.

—Qué remedio...

Al final Akifumi se había salido con la suya, pero la necesidad carece de ley.

Lo invitó a entrar por la puerta trasera. Como el espacio para la tienda era bastante grande, solo le quedaba una pequeña habitación para él que hacía las veces de sala y de dormitorio.

—Qué vacío está todo, ¿no? ¿No tienes ni un escritorio ni una mesita?

Tampoco tenía cojines, de modo que Akifumi tuvo que sentarse directamente sobre el suelo.

—No me hacen falta.

No había ningún mueble en esa habitación de ocho tatamis. Lo único que tenía era un futón que sacaba del armario empotrado para dormir. No le gustaba acumular cosas en su cuarto. Cuantas más posesiones, más atado e incómodo se sentía.

Dejó la bandeja con la tetera y las tazas encima del tatami.

—Veo que al menos tienes para hacer té, es un alivio.

—Bueno, eso es porque a mí también me gusta.

En esa ocasión había preparado té verde, que repartió entre las dos tazas. Sin embargo, como desconocía los preceptos de la preparación del té, había puesto la cantidad de hojas que le había parecido. Si él se lo bebía, no podía estar malo, ¿no?

—Los dulces hay que disfrutarlos con un buen té. Mira, hoy he traído nuevas creaciones.

Akifumi desenvolvió el paquete y cogió con los dedos un pastelito blanco para mostrárselo. Era como una bolita con orejas, ojos y boca.

—¿Qué se supone que es? ¿Un conejo?

—Una liebre de montaña. ¿A que es mona?

—Sí... mucho.

—Pues encima está riquísima. Pruébala.

Después de la liebre, Akifumi le recomendó otro pastel, y luego otro, y Kogetsu se los fue comiendo sin rechistar mientras el chico lo observaba dando pequeños sorbos a su té. «Así me gusta, come, come», decía, muy contento. Cuando ya hubo dado buena cuenta de casi todos y se detuvo un momento a beber, Akifumi se inclinó hacia él y le preguntó:

—Dime, ¿cuál te ha gustado más?

Le brillaban los ojos, exultante. Amaba la pastelería con todo su ser.

—En cuanto al aspecto, los de la camelia o los de la

liebre. Pero si hablamos de sabor y textura, quizá estos nuevos que has traído hoy.

Kogetsu señaló la caja de pasteles, en concreto unas bolitas de pasta de judías rebozadas con legumbres de formas y colores diferentes. Se parecían a los que había comido el otro día salvo por el color, que recordaba oscuro, por eso supuso que se trataría de una clase diferente.

—Los *kanoko* de judías, ¿eh? Tienen una textura muy divertida porque he utilizado legumbres de todos los tamaños, no solo las pequeñas.

—Ya.

Además, no eran demasiado dulces, por lo que a Kogetsu le parecía que podría comerlos cada día sin aborrecerlos.

—Eso no me lo esperaba. Te gustan los más monos, ¿eh? —dijo Akifumi, propinándole unos golpecitos en el hombro con una sonrisa.

Kogetsu frunció el ceño y le apartó la mano.

—Cállate. No te tomes tantas confianzas o te pondré de patitas en la calle.

—No hay de qué avergonzarse, hombre. El aspecto lo es todo en el mundo de la pastelería.

Akifumi volvió a pasarle un brazo por el hombro, estrechándolo contra sí. No parecía importarle que Kogetsu estuviese de mal humor, y costaba creer que albergase preocupación alguna. Se mirase como se mirase, solo parecía un bobalicón amante de los dulces.

Cada vez estaba más convencido de que Akifumi había accedido a la calle del Crepúsculo por error.

—Bueno, hasta otra. Otro día me paso a visitarte.

Akifumi había seguido parloteando un buen rato después de que Kogetsu se hubiese comido todos los dulces. Él lo escuchaba a medias, asintiendo un poco al azar. Para cuando por fin se levantó, fuera ya había oscurecido.

—¿Por qué te has tomado la molestia de venir hasta aquí? Ni siquiera sabías dónde vivía exactamente, nada te garantizaba que fueras a encontrarme solo paseándote por los alrededores —quiso saber Kogetsu, ya en la puerta, antes de que se fuera. La necesidad en sí misma de hacerle aquella pregunta tal vez significaba que había empezado a sentir cierto interés por ese humano.

—Es que estaba preocupado por mi amigo.

—¿Amigo? ¿Qué amigo?

—¿Cómo que qué amigo? ¿Quién va a ser? Pues tú, hombre.

Aquello no se lo esperaba. Se puso tenso.

¿Él, su amigo? Pero si solo habían cruzado cuatro palabras al encontrarse por casualidad en el templo. ¿Solo por eso ya lo consideraba su amigo y encima se tomaba la molestia de buscar su casa para llevarle dulces?

Kogetsu no era ningún experto en seres humanos, pero no necesitaba saber mucho de ellos para darse cuenta de que la amabilidad de ese chico rompía todos los estándares.

—No irás a decirme que nunca has tenido amigos, ¿verdad?

—Pues no, nunca he llamado «amigo» a nadie.

—Vaya, debes de haberlo pasado muy mal. Pero no te

preocupes, ahora me tienes a mí. Yo te ayudaré siempre que lo necesites.

Otro malentendido. Akifumi le puso las manos sobre los hombros a Kogetsu con una mezcla de compasión y sentido del deber.

—No hace falta, gracias. No quiero que vuelvas por aquí —le respondió Kogetsu, y cerró la puerta.

—Que no te sepa mal, hombre. Para mí no es ninguna molestia. Volveré otro día —le oyó decir desde el otro lado. No parecía molesto ni herido, sino todo lo contrario.

—Qué cabezota es...

Después de que Akifumi se fuera, Kogetsu suspiró. No sabía qué hacer para quitárselo de encima. Aunque... ¿acaso era necesario? Ese humano no podría volver a pisar ese lugar. No había en él ni un ápice de inestabilidad, lo cual significaba que, si esta vez había conseguido entrar, por fuerza tenía que deberse a algún tipo de error.

Eso fue lo que pensó en ese momento, pero lo cierto es que Akifumi volvió a visitarlo más veces después de ese día, siempre cargado de dulces para él.

—Yo soy el segundo hijo de la familia Kohaku. Como mi hermano mayor tomará las riendas de la confitería, al menos me gustaría ayudarlo en el obrador.

»Mi padre lleva muchos años confeccionando dulces. Ojalá tuviera su talento, por eso practico todos los festivos y por las tardes, después de cerrar. Los pasteles que te traigo no son para vender, solo son intentos que hago yo, así que me haces un favor probándolos.

»Dicen que este templo trae buena suerte a los empresarios, por eso siempre que creo que un pastel me ha quedado bien lo llevo como ofrenda.

Akifumi no hacía más que hablar de sí mismo y de su familia, así que Kogetsu pronto supo de ellos todo lo que había que saber. Además, gracias a las explicaciones que le daba sobre cada uno de los dulces que le llevaba, sus conocimientos sobre repostería aumentaban día tras día.

A esas alturas le daba pereza seguir pensando maneras de quitárselo de encima; que hiciese lo que le viniese en gana. Algún día se echaría novia y se cansaría de visitarlo. Era imposible que una relación de amistad tan unilateral llegase a durar mucho.

Necesitaba buscar excusas que justificasen su relación con Akifumi; era la única forma de mantener su dignidad intacta.

—Dime, ¿por qué no montas un negocio en esta calle, Kogetsu? Con lo bien que hablas japonés, seguro que te las apañarías —le propuso un día, ni corto ni perezoso.

Pero Kogetsu, que ya estaba acostumbrado a sus confianzas, le respondió tajante:

—Me da pereza.

Akifumi no pilló la indirecta y siguió a lo suyo:

—Vives en una casa diseñada expresamente para esto y tú lo estás desaprovechando. ¿En serio no vas a hacer nada con todo este espacio? ¿No tienes inquietudes? ¿Qué negocio te gustaría?

—Pues... —Fingió pensárselo. Sin embargo, solo había un negocio con el que estuviera mínimamente familiarizado—. Supongo que si tuviese que elegir algo... sería una confitería.

Después de todo lo que Akifumi había llegado a contarle sobre la repostería y la inmensa cantidad de dulces con los que lo había deleitado, mentiría si dijese que no sentía ningún interés por ese mundo.

Sin embargo, tendría que habérselo pensado mejor antes de soltar algo así.

—¡Vaya, así que una confitería, ¿eh?! —Para cuando se dio cuenta de lo que había dicho, Akifumi ya sonreía de oreja a oreja—. ¡Yo podría serte de gran ayuda! ¿Por qué no me lo habías dicho antes?

Akifumi se abalanzó sobre él para propinarle unas palmadas en la espalda como hacía siempre. Estaba tan emocionado que escupía saliva al hablar.

—He dicho «si tuviese que elegir». En ningún momento he dicho que vaya a hacerlo. Y me haces daño.

Intentó apartarle la mano de un golpe, pero Akifumi ni se inmutó. Tampoco pareció oír lo que le acababa de decir:

—Cuanto antes empecemos, mejor. Bueno, tengo que preparar muchas cosas, así que me voy ya. Volveré el próximo festivo.

—¿Qué demonios tienes que preparar? —exclamó Kogetsu, también de forma infructuosa. Akifumi ya se había largado—. Tengo un mal presentimiento...

Kogetsu se envolvió con el *haori* a la vez que un escalofrío le recorrió el cuerpo. Desde que conocía a Akifumi, esa clase de presentimientos eran demasiado habituales.

—¿Dónde tienes la cocina, Kogetsu?

Días después, Akifumi volvió a presentarse, esta vez con un enorme fardo a la espalda del que sobresalían la tapa de una olla y algo alargado como un palo. También llevaba más paquetes en las manos.

—Qué cargado vienes hoy...

—Ya, es que quería traerte el instrumental. Dime, ¿y la cocina? No me digas que no tienes...

Estuvo tentado de decírselo, pero sabía que Akifumi la buscaría por toda la casa hasta encontrarla. Kogetsu se llevó una mano a la frente y suspiró. Luego lo guio a regañadientes hasta la cocina. Había un horno de leña, un fregadero y hasta una superficie de trabajo. Teniendo en cuenta las dimensiones del resto de la casa, era bastante amplia. Quizá los anteriores dueños la necesitaban para su negocio.

—Vaya, no está nada mal. Aquí nos apañaremos bastante bien. Te he traído un poco de pasta de judías recién hecha —dijo Akifumi, dando unos golpecitos al fardo que cargaba a la espalda.

Entonces, ¿dentro de esa olla tan grande había pasta de judías? Pero no habría cargado con todo aquello solo para hacérselo probar, ¿no? ¿Era posible que...?

—Oye, ¿a qué has venido hoy exactamente?

—Pues a enseñarte a preparar dulces, claro.

Su peor presentimiento se había cumplido. ¿Cómo podía alguien ser tan pesado?

—Yo no te lo he pedido.

—Pero dijiste que querías abrir una confitería.

—No, eso no fue lo que dije.

—Sí, sí que lo dijiste.

Tras un pequeño rifirrafe, Kogetsu cedió. Jamás iba a ganar contra tamaño caradura. Era mejor aceptar la derrota.

—De acuerdo. Pero si no se me da bien, lo dejaré y punto.

Era imposible que se le diese bien; lo máximo que se había acercado a la cocina jamás había sido para preparar té. Solo tenía que hacer gala de su ineptitud y esperar a que Akifumi alzase la bandera blanca.

—No te preocupes. Estás hecho para esto.

El propio Kogetsu le había dicho que no sería capaz, pero el chico seguía insistiendo, totalmente convencido.

—¿En qué te basas para decir eso?

—Te gustan los dulces japoneses, ¿no? Esa es la cualidad más importante.

Sin encontrar las palabras para replicar, Kogetsu optó por guardar silencio. Nadie le había hecho ningún cumplido antes y estaba un poco aturdido.

Sin embargo, ¿cómo explicar el repentino calor en el pecho que lo había invadido por un instante? De pronto se sentía motivado, por primera vez se veía capaz de hacer algo por sí mismo. Era un sentimiento de lo más extraño.

—No sé qué me pasa, tengo la piel de gallina —susurró, pero cuando se tocó el pecho por encima del *haori*, esa sensación se había esfumado.

—¿Qué haces? Espabila, hombre —lo apremió Akifumi, que ya se estaba remangando las mangas de su kimono con unos cordeles. Le pasó dos a Kogetsu—. Venga, tú también.

Este los cogió y, tras observarlo un momento, lo imitó.

—¡Muy bien! Lávate las manos y empezamos. Hoy vamos a hacer panecillos rellenos de pasta de judías.

Akifumi abrió una caja y sacó pasta de judías blancas.

—Los panecillos son básicos. Luego, obviamente, también tendrás que aprender a hacer los pastelitos del otro día, con forma de camelia, los *manjū* o los *daifuku*, con pasta de arroz. Yo prepararé una muestra y tú intenta imitarme, ¿vale?

Al principio, Kogetsu pensaba que no había mucho misterio: solo tenía que hacer una bolita con la pasta de judías rojas y luego envolverla con la blanca, pero al ponerse manos a la obra se percató de lo complicado que era en realidad. Cuando pensaba que lo había conseguido, descubría que las dos pastas se habían separado. A Akifumi le quedaban completamente pegadas.

—Eso te pasa porque lo estás haciendo con los dedos. Tienes que envolverla con movimientos más ágiles y manosearla lo mínimo posible. Es como preparar *sushi*.

Kogetsu tampoco sabía demasiado sobre el mundo del *sushi*, pero empezaba a entender en qué consistía el trabajo de un artesano. Cuantos más tipos de dulces diferentes quisiera elaborar, más complejas serían las manualidades. Era la primera vez que veía a Akifumi con respeto, capaz de crear un surtido tan amplio de pasteles.

—Está claro que no se puede aprender a hacer dulces

de la noche a la mañana, ¿verdad? ¿Y si te rindes de una vez? —dijo Kogetsu al cabo de un rato, en un intento de provocarle, cuando consideró que ya había malgastado suficiente pasta de judías.

—Yo nunca dije que fueras a dominar la técnica en un día. La verdad es que se te da mejor de lo que pensaba.

—¿Eh? ¿Qué significa eso? —Kogetsu apretó la mandíbula ante aquella respuesta inesperada.

—Pues que este será un camino largo. A partir de hoy practicaremos todos los días de fiesta y las noches que tenga libre. Ah, no te preocupes por mí. Enseñándote a ti, yo también aprendo, ¿sabes?

—¿Insinúas que tendré que pasarme todas las noches aquí contigo? —espetó Kogetsu, con expresión amarga.

Pero Akifumi siguió sonriendo sin inmutarse:

—¿Y qué hay de malo? No tienes nada mejor que hacer, ¿a que no? No te preocupes, con un poco de esfuerzo y dedicación, enseguida dominarás la técnica.

—No servirá de nada que te diga que no quiero hacerlo, ¿verdad?

Era cierto que no tenía nada mejor que hacer. Carecía de amigos y de intereses. Tampoco le motivaba lo más mínimo atormentar a los humanos como sí hacían los espíritus malvados. Al final llegó a la conclusión de que, puestos a pasar el rato, aquella era una opción tan válida como cualquier otra.

—De acuerdo, pero yo también tengo planes. Los días que te diga que no vengas, no quiero verte por aquí.

La luna nueva y la luna llena. Esos días tenía que evitar a Akifumi a toda costa. Sus poderes espirituales se volvían tan inestables que no era capaz de esconder las orejas y la cola de zorro.

Aunque suponía que el pastelero lo dejaría en paz si descubría su auténtica naturaleza, no le convenía que circulasen más rumores por el mundo de los humanos. En el pasado se habían llegado a organizar para cazarlos y exterminarlos. No le apetecía tener más peleas con nadie.

—Claro, ¿por quién me tomas? Que yo también tengo modales.

Kogetsu se lo quedó mirando con una mezcla de sorpresa e indignación. ¿En serio sabía qué eran los modales?

Desde aquel día, casi todas las noches y los festivos desde la mañana hasta la tarde, Kogetsu y Akifumi siguieron con las clases de repostería. Aparte de los bollos más simples con pasta de judías blancas, Akifumi también le enseñó a preparar los pastelitos con forma de camelia, gelatinas y otros dulces rellenos. Muy pronto, la cocina de Kogetsu se llenó de instrumental y todo tipo de herramientas que Akifumi le iba trayendo; lo que no sabía era si lo compraba expresamente para él o si le sobraba en su obrador.

Le sorprendió descubrir que en la CONFITERÍA KO-HAKU también vendían dulces de azúcar como caramelos *konpeitō*, piruletas y tofes. Como la mayoría de los pasteles tradicionales japoneses solían tener un precio más elevado que otros dulces, era necesario ofrecer también caramelos baratos para que los chiquillos de primaria o secundaria, con presupuestos ajustados, pudiesen permitirse el lujo de comprarse algo.

—Tenemos muchos clientes que cuando eran niños nos compraban piruletas y que ahora, al hacerse mayores, nos compran pasteles. Es un buen método para conseguir clientes leales, ¿no te parece?

Akifumi se pasaba el día contándole curiosidades como esa. Y, por supuesto, también le enseñó a preparar dichos caramelos. Al parecer, se necesitaban hasta dos semanas para las perlitas *konpeitō*.

Los caramelos, fueran del tipo que fuesen, siempre eran mucho más dulces y poco elegantes en comparación con los pasteles tradicionales japoneses, pero, a cambio, eran pequeños y cómodos de llevar. Además, tenían esa magia especial que los hacía desaparecer en menos que canta un gallo de cualquier hogar, sin importar cuántos hubiese.

A finales de invierno, Akifumi dijo que le enseñaría a cocer las judías para hacer la pasta. Kogetsu aprendía rápido. Era mañoso y no le desagradaban los trabajos minuciosos, algo que hasta entonces incluso él mismo desconocía.

—Kogetsu, los cerezos del templo ya han florecido. ¿Quieres que vayamos a verlos?

Era primavera. Ese día Akifumi se presentó vestido

con un kimono verde claro y algunos pétalos de cerezo en la cabeza.

—Ve tú solo. Total, florecen cada año.

—Ya, pero duran muy pocos días. Qué raro eres.

Kogetsu podía parecer un chaval de veinticinco años, pero esa no era ni de lejos su edad real. Seguramente había nacido antes que el bisabuelo de Akifumi y era de esperar que viviese muchos siglos más. Teniendo esto en cuenta, no era de extrañar que ya no se emocionase por esa clase de acontecimientos que sucedían solo una vez al año.

—Sin embargo, si quieres llevar tu propio negocio, es indispensable que aprendas a tratar con los clientes. No voy a negar que siempre hablas con mucha educación, pero tendrías que ser más simpático si no quieres asustar a la gente. ¿Cómo te lo explico para que lo entiendas? Eres poco emotivo —lo riñó Akifumi frunciendo el ceño mientras preparaban pastelitos con forma de flor de cerezo.

—Te doy la razón. No soy nada sentimental.

—Vaya, ¿tú también te habías dado cuenta? Entonces tiene arreglo.

—No, no lo tiene.

Kogetsu no entendía muy bien las emociones humanas. Tampoco por qué los humanos lloraban, se enfadaban y reían tanto. Podía imitar una sonrisa con los labios, pero poco más. Nunca había experimentado ninguna emoción lo bastante potente como para que llegara a verse reflejada en su rostro.

—Supongo que es un poco complicado para ti hacer

más amigos, ¿no? En ese caso, ¿por qué no intentas observar a las personas?

—¿Observarlas...? ¿Y eso servirá de algo?

Si estudiando a los humanos uno pudiera ahondar en sus sentimientos, con el tiempo que llevaba tratando con Akifumi, ya tendría que haber notado algún cambio.

—Por cierto, mañana no vengas. Tengo planes —le dijo, antes de que se le olvidase.

A medida que se acercaba la luna nueva, sentía cómo sus poderes mágicos se volvían cada vez más inestables, pero eso no era nada en comparación con el malestar que experimentaba cuando llegaba el día en cuestión. Los primeros años de vida solía convertirse en un zorro de la cabeza a los pies y se pasaba la noche vomitando y gimiendo. Con el tiempo había aprendido a sobrellevarlo un poquito mejor, pero aun así seguía siendo incapaz de levantarse de la cama en todo el día.

—El otro día estuve pensando en eso. Siempre me pides que no venga unas dos veces al mes, y, además, a intervalos regulares. —Akifumi había dejado lo que estaba haciendo y miraba fijamente a Kogetsu.

«Lo había tomado por un necio, pero es bastante perspicaz», pensó Kogetsu. Él también se detuvo y lo miró como si fuese a atacarlo.

—Luego comprobé el calendario y me di cuenta de que siempre coincide con las noches de luna nueva y luna llena. ¿Qué son esos planes que dices que tienes?

—Tendrás que adivinarlo. No tengo ninguna obligación de contártelo.

Intentó zanjar el tema, pero Akifumi no se conformó. Seguía mirándolo de hito y con expresión grave.

—La verdad es que siempre me ha parecido raro. No tienes ningún oficio. ¿Cómo te ganas la vida?

—¿Qué estás insinuando?

Él no necesitaba comer como los humanos, por eso podía vivir sin dinero. Y, si alguna vez iba muy apurado, siempre podía transformarse en zorro y cazar alguna liebre o un pájaro salvaje.

—Tienes muy buena presencia. No me digas que... ¿estás vendiendo tu cuerpo? Una vez oí que las fases de la luna influyen en las mujeres.

A Kogetsu se le escapó un gemido, pero logró contener la carcajada.

—¿Insinúas que me estoy prostituyendo? La mera idea me da náuseas —declaró Kogetsu, entrecerrando los ojos y curvando los labios en una sonrisa de despecho.

—Entonces, ¿por qué siempre me pides que te deje solo cuando hay luna nueva y luna llena?

—Pues porque no me gusta, no me siento cómodo y no quiero ver a nadie. Tampoco salgo de casa. Eso es todo. —Se quitó los cordeles que sujetaban las mangas de su kimono y los dejó en la encimera con un gesto brusco—. ¿Podrías irte ya?

Akifumi puso cara de sorpresa, pero enseguida agachó la cabeza sin protestar.

—Me he metido donde no me llaman. Lo siento.

Pese a lo descarado que era siempre, esa tarde obedeció a la primera y se marchó con gesto apocado y la cabeza hundida en los hombros. Parecía un perro al que hubiesen dado un azote. Curioso, teniendo en cuenta que él carecía de orejas y cola.

Pero era necesario ser tajante por una vez. Así el asunto había quedado zanjado. O eso creía.

A la noche siguiente, Kogetsu dormía en su futón cuando de repente oyó unos golpecitos vacilantes en la ventana del dormitorio.

No dudó de quién se trataba. Nunca recibía otras visitas.

—¿Eres tú?

Por si acaso, se levantó procurando que no se le viera por la ventana y alzó la voz para que lo oyesen desde fuera. Tal y como había imaginado, le respondió la voz de Akifumi.

—No hace falta que abras. No quieres que te vean cuando te encuentras mal, ¿no?

Kogetsu se llevó las manos a las orejas de zorro, que no podía ocultar. ¿Cómo lo había sabido?

—Te he dejado algo de comida en la puerta trasera. Normalmente siempre comes dulces, ¿verdad? Pero cuando uno está enfermo le apetecen cosas más fáciles de digerir... Te he preparado gachas... y un poco de *amazake*, que es dulce y lleva un poquito de alcohol. Supuse que te apetecería algún postre.

Se le notaba en la voz que estaba preocupado por él.

—Tú siempre metiéndote donde no te llaman... —susurró Kogetsu, con un suspiro. Pero Akifumi no alcanzó a oírlo.

—Bueno, yo ya me voy. Come y descansa, ¿vale? —se

despidió, y a continuación se oyeron los pasos de unas sandalias alejándose.

Kogetsu entreabrió la puerta trasera y descubrió, a sus pies, un fardo todavía caliente. Dentro había una caja con unas gachas de arroz y un termo con *amazake*. Hasta le había puesto una cuchara.

Se lo había traído justo después de preparárselo. Y eso en una oscura noche de luna nueva.

—No estoy enfermo, no me voy a recuperar por mucho que coma...

Pero le sabía mal quedarse mirando cómo la comida recién hecha se iba enfriando.

Qué remedio. Se llevó una cucharada a la boca y le sorprendió descubrir que las gachas tenían el punto salado ideal.

—Le ha metido algo más... ¿Tal vez rábano y artemisa?

El toque crujiente del rábano y el punto amargo de la artemisa combinaban a la perfección. Además, si no recordaba mal, la artemisa era una hierba medicinal, ¿no? Akifumi estaba en todo.

Cuando terminó de comer, Kogetsu se sintió lleno y reconfortado.

—Qué curioso. La comida humana no causa ningún efecto en los poderes sobrenaturales, pero por alguna razón me encuentro mucho mejor.

De repente le había entrado mucho sueño, así que se tomó una taza de *amazake* y se acostó. Al cabo de poco ya se había dormido y, en esa ocasión, no se despertó a medianoche gimiendo como solía ocurrirle, sino que durmió de un tirón hasta que salió el sol.

Al día siguiente Akifumi se presentó como si nada, sin hacer ninguna mención a la noche anterior, de modo que Kogetsu tampoco hizo ningún comentario. Se limitó a devolverle la caja del arroz, el termo y la cuchara. De soslayo observó a Akifumi comprobar que se lo había comido todo y sonreír.

A partir de entonces, quizá porque había notado que le habían gustado, Akifumi empezó a llevarle gachas las noches de luna nueva y luna llena. Se las dejaba en la puerta sin decir nada y se iba. Akifumi era tan ruidoso al andar que Kogetsu siempre se despertaba a su llegada, pero como las gachas le sentaban tan bien, no se quejaba.

—¿De veras es posible que la comida humana ejerza un efecto calmante en los poderes sobrenaturales? No, nunca había oído nada parecido... Entonces, ¿será por la artemisa?

Le sacaba de quicio desconocer la causa de semejantes efectos, de modo que un día probó incluso a comerse las gachas apartando la artemisa, pero los efectos siguieron siendo los mismos. Aquello era cada vez más misterioso.

Sucedió un día cualquiera. La primavera se había terminado y empezaban a cantar las cigarras.

Kogetsu esperaba que Akifumi se presentase de buena mañana porque era el día de descanso de la CONFITERÍA KOHAKU. Sin embargo, quien lo visitó pasado ya bastante tiempo de la hora acordada no fue el pastelero, sino un chico con la cabeza rapada al que Kogetsu no había visto nunca.

—Eh... ¿Usted es Kogetsu?

—Sí, exacto. ¿Y tú quién eres?

—Vengo de parte del señor Akifumi. Ha tenido un accidente y se ha hecho daño en la pierna. Como no puede caminar, me ha pedido que le diga que estará un tiempo sin venir.

Había enviado a su sirviente a darle el mensaje. Al parecer, la CONFITERÍA KOHAKU se había labrado una reputación con los años y les iba tan bien como para permitirse el lujo de tener criados. Hasta el momento nunca había visto a Akifumi como alguien a quien pudieran llamar «señor».

—Vaya, gracias por tomarte la molestia de venir.

Le dio una propina y el muchacho agachó la cabeza en señal de agradecimiento antes de irse.

En teoría, la gente normal no podía acceder a la calle del Crepúsculo, por lo que Kogetsu supuso que quizá aquel chico también albergaba alguna preocupación que estaría desestabilizando su corazón. Los humanos eran difíciles de descifrar a simple vista.

—Ha dicho que ha tenido un accidente... No parece que su vida corra peligro, de modo que solo tengo que esperar a que se recupere, ¿no? ¿Y ahora qué hago?

De repente tenía todo el día libre y eso, más que reconfortarlo, lo angustió. Decidió que saldría a pasear por la calle principal. Había pasado mucho tiempo desde la última vez y de repente le apetecía, aunque solo fuese para pasar el rato.

Los transeúntes habían cambiado su indumentaria por ropa fresca de comienzos de verano e iban y venían por la calle charlando animadamente. Ese barrio siempre había sido un hervidero de actividad, ya desde la época en que se construyó el castillo.

Se suponía que en alguna parte de esa calle estaba la CONFITERÍA KOHAKU. Era la primera vez que se proponía ir y temió perderse, pero resultó bastante fácil encontrarla gracias a la multitud de clientes que entraban y salían y las dimensiones del establecimiento. Era la tienda que más llamaba la atención de entre todas las de la zona.

El aspecto lo convenció enseguida. El rótulo con el nombre del establecimiento se veía bastante antiguo y transmitía la dignidad que otorgaban al local décadas y décadas de tradición. La residencia que se entreveía en el fondo debía de ser donde vivía Akifumi. Había una doble puerta bastante grande, pero supuso que se enfadarían con él si entraba sin permiso.

—No sé si me apetece mucho hacerle una visita formal...

Estuvo a punto de dar media vuelta e irse por donde había venido, pero en el último momento le supo mal largarse sin más después de haberse tomado la molestia de ir y decidió que se haría invisible para colarse sin ser visto.

Utilizó sus poderes para quitar el cerrojo, entreabrir la puerta y entrar.

—Caramba, menuda mansión.

El jardín era muy grande y había un estanque con carpas. Justo en ese momento, el jardinero estaba podando los pinos.

—Nunca lo habría dicho. Es que no parece un señorito...

Sin embargo, ahora que lo pensaba, ese trato tan familiar que le había dispensado desde el primer día y su forma tan imprudente de recortar las distancias con los desconocidos tal vez sí fueran una característica de los jóvenes ingenuos que habían crecido entre algodones y que aún no habían descubierto cómo funcionaban las cosas en el mundo real. Alguien acostumbrado a que lo traten bien se comportará de la misma forma con los demás. Él y Kogetsu eran dos polos opuestos.

—Ahora tengo que encontrar su habitación.

Eso no significaba que tuviese la intención de visitarlo y charlar con él. Se limitaría a contemplarlo sin ser visto solo para saber cómo se encontraba.

Fue comprobando ventana tras ventana hasta llegar a un cuarto de estilo occidental con una cama. En ella estaba tumbado Akifumi. Tenía la pierna envuelta en un cabestrillo y sujetada con una cuerda que la mantenía en el aire. Parecía más grave de lo que había imaginado cuando el muchacho le había contado lo del accidente. Akifumi tenía los ojos cerrados y una arruga en el entrecejo. Además, estaba pálido.

Nunca lo había visto tan decaído. Se quedó observándolo un rato hasta que, de pronto, Akifumi abrió los ojos.

—¿Kogetsu? —exclamó, para su sorpresa, mirando en dirección a la ventana.

Kogetsu se apareció ante él y abrió la ventana, que no estaba cerrada con el pestillo. No pudo ocultar la incredulidad en su rostro.

—¿Cómo lo has sabido?

Entró en el cuarto a través de la ventana y con los zapatos puestos, pero Akifumi no se quejó.

—No lo sé, he notado tu presencia. ¿Has venido a verme?

—Es que pasaba por aquí —respondió, apartando la mirada.

Akifumi no se lo tragó, pero relajó la expresión y le señaló una silla.

—Anda, siéntate.

—Me han contado lo de tu accidente. ¿Qué ha pasado? —le preguntó, mientras Akifumi se incorporaba en la cama.

—Choqué con un carro de caballos. Pero, tranquilo, no llegó a atropellarme y la pierna tampoco me duele tanto... Solo me han dicho que tengo que descansar un tiempo. Últimamente tengo muchos accidentes y están preocupados por mí.

—¿Que tienes muchos accidentes? ¿Qué quieres decir?

Akifumi lo había dicho como si fuese lo más natural del mundo, pero Kogetsu no sabía de qué estaba hablando.

—Bueno, al igual que hoy, han estado a punto de atropellarme varias veces, y un día casi me caigo de un puente.

Ah, y una vez me cayó una olla encima que por poco acaba conmigo, la esquivé por los pelos. Tonterías sin importancia, le pasa a todo el mundo.

Kogetsu, que en un primer momento temió que alguien estuviera haciéndole la vida imposible a propósito, se relajó de golpe al darse cuenta de que solo eran los contratiempos de un cabeza de chorlito como Akifumi.

—Estás demasiado distraído.

—Te aseguro que no. Solo ha sido mala suerte. Verás, uno de esos días que casi me atropellan fue porque se me rompieron los cordones de la sandalia justo en medio del cruce y el carro de caballos iba embalado. Y lo del puente, igual: un hombre que pasaba por allí me golpeó sin querer con tan mala suerte que perdí el equilibrio y casi me caigo por encima de la barandilla.

—Sí que parece mala suerte, sí...

Cuando alguien tenía tan mala fortuna normalmente había una explicación. Quizá se le había pegado un espíritu maligno o tal vez algún zorro o tejón le estaba gastando bromas. También podía ser que se hubiese ganado el rencor de alguien sin saberlo y eso estuviese afectando a su suerte.

Procurando mantener ocultas sus orejas y su cola de zorro, Kogetsu liberó sus poderes para rastrear el entorno de Akifumi.

—Esto es...

Se mareó. Luego entornó los ojos y frunció el ceño con expresión grave.

—¿Qué te pasa, Kogetsu? Te has puesto pálido.

—Yo... tengo que irme ya —dijo, dándole la espalda.

—Vaya. Gracias por tomarte la molestia de venir. Pronto estaré bien y podremos seguir practicando. Ten un poco de paciencia, ¿vale?

—De acuerdo.

Al igual que había hecho para entrar, tras saltar por la ventana se hizo invisible, salió a la calle y dejó atrás la mansión.

«Eso era...»

De camino a la calle del Crepúsculo, Kogetsu daba vueltas a lo que había visto.

La inestable existencia de Akifumi se estaba inclinando hacia el otro lado. Una parte de él pertenecía ya al reino de los muertos.

—¡No me extraña que la muerte lo persiga!

Frustrado e irritado, Kogetsu golpeó la pared de la tienda que tenía más cerca. Una niña tejón que lo observaba desde las sombras se asustó y salió corriendo.

Kogetsu no se había dado cuenta hasta el momento, pero cuando un humano sucumbía a la inestabilidad, si no hacía nada por recuperarse, poco a poco era atraído hacia el otro mundo.

Se odió por haber estado tan ciego. Si se desentendía de Akifumi, acabaría muerto.

La única forma de evitarlo era atajando la raíz del problema, la razón de su inestabilidad: hallar la semilla de su angustia y eliminarla.

—Se me acumula el trabajo...

Que descansase en cama no significaba que estuviera a salvo. En un hogar acechaban infinidad de peligros. Podía tropezar y darse con una esquina de la mesa al intentar ponerse en pie, o simplemente atragantarse con la pasta de arroz y morir, por ejemplo.

Si quería salvarlo, tenía que actuar de inmediato.

Al día siguiente, Kogetsu se hizo invisible otra vez y volvió a la mansión Kohaku para espiar las conversaciones de la familia y los criados. Era más que probable que el propio Akifumi no se hubiese percatado de la razón de sus problemas, y dudaba de que sirviese de algo preguntarle a él directamente. En cambio, albergaba la esperanza de hallar alguna pista en los fragmentos de conversaciones de aquellos que convivían con él... y dio en el clavo.

Gracias a los empleados de la confitería, se enteró de que Akifumi había aspirado a ser quien heredase el negocio. Como tenía mucha mejor mano para la pastelería que su hermano, en un principio se había decidido que Akifumi se encargaría de la CONFITERÍA KOHAKU y que el mayor iría a aprender un oficio a otro lugar.

Sin embargo, las cosas no le fueron demasiado bien al hermano, que al cabo de un tiempo volvió a casa muy enfadado con el maestro que lo había acogido y lo pagó con Akifumi. «Yo soy el mayor, así que me corresponde a mí heredar la casa y el negocio», le dijo. Y Akifumi, que no quería peleas, cedió su posición para convertirse en un empleado más.

Esa fue la historia del conflicto familiar que Kogetsu descubrió con sus pesquisas.

—Esto es lo que pasa cuando hay una herencia de por medio. Los humanos son muy avariciosos y están demasiado apegados a la riqueza y el honor.

Aun así, Akifumi no quería heredar el negocio por ninguno de esos motivos. Al parecer, desde que el hermano mayor administraba la confitería, también había empezado a dar órdenes sobre el tipo de dulces que quería vender, y Akifumi y los demás empleados ya no podían innovar con la libertad de la que habían gozado siempre.

Kogetsu recordó lo mucho que parecía disfrutar Akifumi enseñándole a preparar dulces en su casa. ¿Y si todo ese empeño fuese un intento de ahogar la frustración que sentía por no poder confeccionar los pasteles que él quería en su propia confitería?

—Tengo que ayudarle a darse cuenta de lo que desea realmente...

Kogetsu se había hecho invisible y pensaba en una forma de llevar a cabo su plan mientras merodeaba por la CONFITERÍA KOHAKU. Fue entonces cuando sus ojos se toparon con unos pastelitos de castaña.

¡Pues claro! ¿Y si embrujaba los dulces para que tuvieran un efecto especial? Como Kogetsu solo era medio espíritu, no era en absoluto omnipotente ni gozaba de unos poderes sobrenaturales extraordinarios, pero quizá podría magnificar sus efectos a través de los dulces.

Los pastelitos de castaña eran perfectos para que quien los comiese expresase sus auténticos sentimientos. La castaña permanecería oculta, pero los pensamientos saldrían a la luz a borbotones. Interesante, ¿no?

Se le ocurrieron varias ideas con más dulces de la tienda.

—No puedo perder más tiempo. Tengo que volver a casa y ponerme manos a la obra.

Era la primera vez que cocinaba sin las indicaciones de Akifumi, pero confiaba en sus habilidades. Por algo se había hartado de comer dulces con él durante meses, desde invierno hasta verano.

—Hola Kogetsu. ¿Otra vez vienes a verme? —Unos días después, Kogetsu fue a visitar a Akifumi con los dulces que había preparado. Igual que la otra vez, entró por la ventana, lo cual sorprendió a Akifumi, pero una sonrisa afloró enseguida en su rostro. Se alegraba de verlo.

Inspeccionó la habitación por segunda vez. Lo único que había cambiado era la ropa de dormir de Akifumi. Tanto el vendaje de su pierna como la posición en la que estaba sostenida seguían siendo exactamente los mismos. En su estado, era evidente que dependía de alguien para todo, y supuso que los criados le estarían ayudando a comer y a cambiarse de ropa.

—Sí, y hoy te he traído un regalo.

Le entregó una caja que contenía un pastelito *monaka* de castaña y un *daifuku* rebozado de pequeñas legumbres. Akifumi soltó una exclamación de júbilo al quitar la tapa.

—¡Dulces tradicionales! ¿Los has preparado tú solo, Kogetsu? ¿Hasta la pasta de judías?

—Exacto. Aunque he tardado un poco...

—¡Es increíble! Y te han quedado muy bonitos... Están perfectos. Ya estás preparado para abrir tu propio negocio. Has aprendido en tan poco tiempo... No me extrañaría que fueras un genio —dijo Akifumi, profundamente admirado, mientras estudiaba los pasteles de Kogetsu.

—Solo he tenido un buen maestro —respondió Kogetsu, y Akifumi abrió ligeramente los ojos por la sorpresa.

—Caramba, hoy estás muy simpático. ¿No me vas a soltar ningún comentario sarcástico de los tuyos?

—Déjate de sentimentalismos y pruébalos de una vez. Primero el de castaña.

—Por supuesto, ahora mismo.

Bajo la mirada atenta de Kogetsu, Akifumi se llevó el primer pastelito a la boca.

—Vaya, está riquísimo.

Se comió la mitad de un bocado y empezó a saborearlo mientras lo masticaba. Kogetsu podía sentir sus poderes mágicos emanando de Akifumi. Todo estaba listo. Solo faltaba el último empujoncito.

—Akifumi, hay algo que estás ocultando a tu familia, ¿a que sí? —eligió las palabras precisas para invitarlo a contarle la verdad.

—¿Eh? ¿Yo?

—Algo que deseas y no te atreves a decir. Piénsalo bien.

De repente el desconcierto en los ojos de Akifumi se desvaneció y su mirada se volvió grave e introspectiva.

Acto seguido, empezó a hablar con un arrebato de sinceridad:

—La verdad es que sí. Todo este tiempo he intentado fingir que me daba igual, pero... quiero tener libertad para cocinar, pensar creaciones nuevas, cambiar el surtido con las estaciones... Tengo tantísimas ideas... Ojalá mi hermano lo entendiera y me apoyase.

Akifumi se quedó mirándose las manos con expresión apesadumbrada.

—¿Y no crees que hay otros caminos? No tienes por qué esperar a que tu hermano te dé permiso. Busca un lugar donde poder crear con libertad. —De nuevo, Kogetsu buscó las palabras adecuadas para darle otro empujoncito.

—Ah... Claro. Podría dejar la confitería de la familia y empezar de cero en otra parte. ¿Por qué no se me había ocurrido antes? —De pronto la mirada soñadora de Akifumi se centró y brilló con esperanzas renovadas—. Mi negocio no contará con los clientes de toda la vida y la historia de la CONFITERÍA KOHAKU. Tendré que empezar de cero y será duro, como todos los comienzos, pero eso es lo que más ilusión me hace. Como será mi negocio, podré llevarlo como yo quiera.

—Hasta ahora siempre has contado con la protección de tu familia, pero estoy seguro de que estás preparado para afrontar todas las dificultades que te aguarden fuera de esta mansión —dijo Kogetsu, por primera vez dándose cuenta del respeto que en el fondo profesaba a Akifumi. Y es que lo pensaba de verdad.

—Kogetsu... Muchas gracias. Tus dulces me han ayudado a reencontrarme conmigo mismo.

El alma de Akifumi, hasta entonces a punto de caer en el más allá, había vuelto al mundo de los vivos. Sin embargo, sus angustias no se habían resuelto por completo y seguía detectando cierta inestabilidad.

—Me lo temía...

Kogetsu se mordió el labio.

Akifumi se había sincerado consigo mismo y había tomado una decisión, pero eso no bastaba para resolver el problema. Kogetsu ya lo había previsto. Las visitas diarias a la calle del Crepúsculo habían creado un vínculo entre ambos. A menos que este cortase de raíz su relación, el alma inestable del pastelero corría el riesgo de volver a caer en el abismo del más allá.

Para este propósito, Kogetsu había confeccionado un segundo dulce.

—Habría preferido no tener que usarlo, pero parece que no tengo elección —susurró, con un suspiro—. Akifumi... Venga, ahora prueba el *daifuku*.

—Por supuesto, me muero de ganas. —Le dio un mordisco—. Vaya, este también te ha quedado perfecto. El toque salado es ideal —dijo mientras lo saboreaba. Hasta que de repente le cambió el color de la cara. Se quedó parado y el desconcierto asomó a su rostro. Era como si de pronto hubiese olvidado cómo había llegado ese pastel a sus manos y por qué lo estaba comiendo. Entonces se volvió hacia Kogetsu... y dijo—: Disculpe... ¿quién es usted?

Ahora en su rostro había confusión... y un poco de recelo. No quedaba ni rastro del tono alegre y familiar con el que se había dirigido a Kogetsu todo aquel tiempo.

Kogetsu dibujó una sonrisa.

—Una visita. Es que esta mansión es tan grande que me he perdido y he acabado aquí.

—Ah, vaya. —Floreció el alivio—. En ese caso, permítame llamar a un criado. Ellos lo acompañarán a...

—No hace falta, ya me marchaba —dijo Kogetsu, interrumpiéndolo con un gesto de la mano. Se puso en pie y se dirigió a la puerta, pero cuando ya tenía una mano en el pomo se volvió como si hubiese olvidado algo—. Señor Akifumi, ¿puedo decirle una cosa antes de irme?

—Claro, ¿de qué se trata?

—*Adiós.* Ya no puede regresar allí.

La puerta se cerró tras él con un chasquido. Así terminó el vínculo entre Kogetsu y Akifumi. Ya en el pasillo, Kogetsu apoyó la espalda en la pared y soltó un bufido. Se reía de sí mismo.

—Un dulce que te hace olvidar a la persona que está más cerca de ti en ese momento... Está mal que lo diga yo, pero me ha quedado una metáfora redonda... En el *daifuku* hay tantas legumbres diferentes que, aunque desaparezca una, no la echarás en falta.

Para Akifumi, Kogetsu solo era una legumbre más en un *daifuku,* alguien con quien se había relacionado por capricho durante unos pocos meses. Pero ahora ya no lo necesitaba en su vida; abriría su propio negocio y sería feliz hasta el día en que, ya convertido en un anciano, muriese por causas naturales.

—La vida humana es efímera... Espero que por lo menos la tuya esté llena de dicha.

Y, en un abrir y cerrar de ojos, Kogetsu se hizo invisible otra vez.

Kogetsu permaneció unos instantes con los ojos cerrados, disfrutando de aquellos recuerdos.

Japón había cambiado mucho desde entonces. Hubo una época en que la guerra laceró los corazones de muchos seres humanos, pero ahora reinaba la paz. Aun así, siempre quedaba un número más o menos constante de personas que vagaban en la inestabilidad.

—Un tiempo después me llegó el rumor de que aquel hombre había abierto una exitosa confitería lejos de allí.

Y, tras descubrir que sus dulces encantados podían sanar los corazones de la gente, Kogetsu decidió abrir él también una confitería en la calle del Crepúsculo. La llamaría igual, CONFITERÍA KOHAKU, pero cambiaría los ideogramas. Se encargaría personalmente de que aquellos que la visitasen acabasen comprando los dulces apropiados para sus problemas, pero como eso le resultaba demasiado filantrópico y aburrido, decidió que iría coleccionando muestras de sentimientos.

No es que se hubiese tomado en serio las palabras de Akifumi cuando le había dicho que era poco emotivo con los clientes, pero pensó que, tal vez reuniendo una buena colección de sentimientos humanos, podría comprender mejor la forma de actuar del pastelero.

¿Por qué Akifumi había dicho que era su amigo? ¿Por qué se había tomado tantas molestias por enseñarle a preparar dulces y hasta le había llevado gachas cada noche de luna nueva y luna llena? Y, por encima de todo, ¿por qué luego él había sentido esa necesidad de ayudar a Akifumi?

En ese momento no habría sabido dar una respuesta, pero ahora empezaba a comprenderlo.

Kogetsu se levantó y salió de su habitación.

En el pasillo, justo detrás del mostrador, había encajadas unas cuantas estanterías muy altas y atiborradas.

Incontables tarros de cristal se alineaban en los estantes. Eran muestras. Cogió una.

—Esta es una muestra de un pastel de castaña, el mismo que le hice comer a él.

De vez en cuando cogía una al azar y asimilaba los sentimientos humanos. Gracias a eso, con el tiempo, había aprendido a tratar mejor a los clientes.

—He acumulado muchas. Tendría que poner un poco de orden. Volver a etiquetarlas, ordenarlas por generaciones... Ah, qué faena.

Entre los clientes a los que ayudó, algunos pensaron que Kogetsu era un dios y volvieron a visitar el templo para expresar su gratitud.

Sin embargo...

—Yo no abrí la CONFITERÍA KOHAKU para ayudar a nadie, no soy tan altruista. Solo lo hago para pasar el rato. Que no se te olvide...

Fin

ACERCA DE LA AUTORA

Hiyoko Kurisu nació en la prefectura de Ibaraki, Japón. Es autora de varias novelas y novelas ligeras, más conocidas como ranobe en japonés, y su debut *Deliciosas recetas de confitería Senpai* ganó el Premio Especial en el concurso «Conviértete en novelista» de Starts Publishing. *La tienda de los deseos* es su obra más reciente y ha cautivado a miles de lectores en todo el mundo.

NEKO BOOKS: El Arte de Vivir al Estilo Asiático

Nos complace presentarte **Neko Books**, «neko» ネコ significa «gato» en japonés y es un símbolo de buena suerte en la cultura japonesa. Sus ojos, capaces de ver en la oscuridad, ahuyentan a los espíritus malignos y traen felicidad a nuestro día a día. Con **Neko Books** queremos acompañar y transmitir felicidad a todos nuestros lectores.

Neko Books te abre las puertas al mundo asiático, ofreciéndote una combinación única de libros sobre cultura y espiritualidad, junto con obras prácticas que te brindan herramientas para mejorar tu día a día. Aquí encontrarás reflexiones con un ángulo distinto y guías prácticas que te acompañarán en la construcción de una vida más plena. Ya sea que busques profundizar en la sabiduría asiática, conocer las tendencias que llegan de Asia o encontrar equilibrio y bienestar, nuestra selección abarca tanto lo reflexivo como lo práctico.

Desde pensamiento, espiritualidad y *healing fiction*, hasta salud, crecimiento personal y estilo de vida, **Neko Books** ofrece sabiduría para una vida serena, plena y en armonía con la naturaleza a través de un catálogo que reúne grandes bestsellers de Asia, long-sellers que continúan cosechando miles de lectores y nuevas tendencias del lejano Oriente.

Esperamos que hayas disfrutado de *La tienda de los deseos* y, si te ha gustado, nos encantaría que lo compartieras con tus amigos, familiares y todos aquellos que disfruten de un buen libro.

Te invitamos a que sigas explorando el fascinante mundo asiático con nosotros en **Neko Books**.

Impreso en España